KB266006

담장

담장

김선민 지음

책과나무

이 담장(談章)을 드립니다.

당신 삶의 여정이 얼마나 아름답고 소중한지

세상에서 가장 아름다운 시

당신의 이름을 불러 봅니다.

(   ) 님께

(   )년 (   )월 (   )일

저의 이름은 (   )입니다.

추천의 글

AI가 인간의 지능을 위협하는 세상이 되었지만, 디지털이 발전할수록 아날로그 역시 주목받을 수밖에 없습니다. 우리의 몸 자체가 아날로그니까요. 호모 아키비스트(Homo Archivist). 쓰는 행위는 인간의 본능이며, 생명이 살아 있는 한 지속될 여정입니다. 따뜻하고 고운 글을 따라 쓰는 과정에서 내 마음의 결도 보드라워집니다. 창작 필사의 가치는, 그저 누군가의 글을 옮겨 쓰는 데 있지 않습니다. 나의 정서를 녹여 내어 한데 아우르는 과정에서 생기로움이 더해집니다. 좋은 것에 좋은 것을 더하면, 더욱 좋은 것이 되는 까닭입니다. 한 장 한 장 온기가 넘치는 글로 가득합니다. 산뜻한 시어들로 이루어진 문장이라 지루할 틈도 없습니다. 머리를 깨우고 손을 움직여 마음 가다듬을 시간입니다.

:: 김덕래 ::

- 펜샵코리아 총괄이사 겸 헤드펜닥터 • '펜닥터D의 수리공작소' 소장
- 50여 회 이상 만년필 강연 • 100여 회 이상 펜수리 강좌
- 〈제 만년필 좀 살려주시겠습니까?〉 출간

　마음과 생각을 상상으로 모아 가슴에 담아 둡니다. 고개를 들어 제일 큰 구름에 손가락으로 써 보기도 하고, 오래 담아 두고 싶을 때는 노트를 펼쳐 만년필을 듭니다. 이 책은 그렇게 잠시 멈춰 서서 마음을 쓰는 시간에서 시작됩니다. 기억은 추억의 그늘 아래 잠들어 있지만, 추억은 기억이 보듬어 준 온기로 깨어납니다.

　글씨는 가장 오래 남는 마음과 생각의 흔적입니다. 아름다운 글씨는 소중한 글을 빚어내고, 소중한 글은 이 세상 단 하나뿐인 나의 문장입니다. 그것은 서툰 걸음으로 남긴 발자국처럼 느리고 미숙해도 분명 나의 발자국이 남긴 나의 길이 됩니다.

　흔적을 지우는 일은 쉽지만, 새기는 일은 시간이 필요합니다. 이 책의 여백은 정답을 채우기 위한 공간이 아니라 나의 마음과 나의 생각을 잠시 머물게 하기 위한 자리입니다. 문장을 따라 쓰며 마음을 다듬고 생각을 키우는 시간의 품에 안겨 내 삶의 가치와 의미를 찾아가기 바랍니다.

2026년 봄

김선민

이렇게 시작하세요

처음엔, 단어와 문장을 똑같이 따라 쓰세요.

천천히 마음을 가다듬고 글자의 모양을 그대로 옮겨 써 보세요. 단어와 단어가 만나 어떤 문장이 만들어지는지 생각해 볼 수 있습니다.

그다음, 내 마음대로 단어와 문장을 바꿔 써 보세요.

단어 하나 바꿨을 뿐인데 문장이 변하기 시작합니다. 내 마음 안에 잠들었던 단어와 문장으로 나의 글이 탄생합니다.

이제부터는, 나의 생각을 더해 보는 겁니다.

기억과 상상은 나의 생각을 만들어 냅니다. 지금까지 내가 경험한 일을 머릿속에 떠올려 보세요. 기억이 되살아나고 상상의 나래가 펼쳐집니다. 기억과 상상이 나의 생각이 되고, 그 생각을 더하면 이제부터 나의 글이 되는 겁니다.

매일 짬을 내어 좋은 필사로 마음을 다듬고 생각을 키운다면, 나의 미래는 행복으로 채워질 겁니다.

바른 마음과 올바른 생각으로 세상을 아름답게 바라보며 정직하고 건강하게 살아가기를 바라는 **가족**.

마음을 다듬고 생각을 키워 더 나은 삶의 가치를 바라보고 행복한 삶을 누리고 싶은 **나 자신**.

좋은 말과 행동, 좋은 생각과 실천, 좋은 몸과 마음을 갖추어 더 나은 세상을 누리게 할 **청소년**.

학교와 지역사회에서 학생의 올바른 성장과 발달을 위해 봉사하고 노력하고 헌신하시는 모든 **선생님**.

오랜 기간 가정과 일터를 지키다 이젠 남은 여생을 소중하게 간직하기 위해 마음과 생각을 정리하고 싶은 **은퇴인**.

1. 다이어리나 메모장으로 이용하세요. 마음이 아프고 생각이 힘들 때, 마음과 생각을 비우기 위해 사용하세요. 베껴 써도 좋고, 낙서를 해도 좋고, 그림을 그려도 좋습니다. 그게 바로 나의 마음이고 생각입니다.

2. 가족이나 친구 또는 학생이나 동료를 위한 선물로 활용하세요. 이 책은 지금 당장 쓰이지 않을 수도 있지만, 평생 간직하고 돌아볼 수 있는 삶의 선물이 됩니다.

3. 이 책의 또 다른 장점은 바로 공부하는 힘을 키워 준다는 겁니다. 학생에게는 정서와 사고력을, 사회인에게는 이해와 공감을, 그리고 은퇴인에게는 삶의 가치와 행복을 가져다줍니다.

—

이 책 창작 필사는 더 이상 베껴 쓰기가 아닌
나의 마음과 나의 생각으로 쓰는 나의 책입니다!

목차

PART 01 | 마음을 다듬는 이야기

PART 02 | 생각을 키우는 이야기

PART 1 · 마음을 다듬는 이야기

아주 깊은 기억의 숲으로 들어가세요. 작은 새의 지저귐과 벌레들의 발자국 소리가 들리기 시작합니다. 나의 이야기는 어디서 비롯되었을까요? 어디로 흘러가 어느 곳에 머물게 될까요?

기억에 담은 마음의 이야기는 생각으로 흘러갑니다. 아름답고 행복한 생각이 만들어 낸 이야기를 다시 내 마음대로 그려 보세요. 단어 하나와 문장 하나에 담은 내 마음의 이야기가 눈에 보이기 시작합니다.

나의 이야기는 이렇게 시작합니다. 글자 하나에서 단어 하나 그리고 문장으로 이어지며 나를 만들어 갑니다. 나의 창작 필사 노트에 나의 마음을 담아 보세요.

우리는 때로 아무 말도 하지 않는 풍경 앞에서 오히려 가장 많은 이야기를 듣게 됩니다. 이 글은 한 담장을 바라보며, 지나온 시간과 지금의 마음을 가만히 마주해 보려는 이야기입니다.

당신에게 담장 같은 공간은 어디인가요?
그곳에는 지금의 당신이 아닌,
어떤 기억과 마음이 기대어 있나요?

담장

○

섬마을 좁은 길을 걸어가다 해풍에 쓰러진 소나무 틈으로 보이는 그림. 누구의 손길일까? 때 늦은 화가의 붓이 지나다닌 투박한 흔적과 가지런히 놓인 물감 몇 통.

언덕을 올라 물감의 그림자를 따라 화가의 길을 찾아본다. 듬성듬성 바람에 뜯긴 지붕을 고스란히 감싸고 있는 길고 낮은 담장. 제멋대로 휘갈긴 붓의 놀림이 바람보다 빠르게 지나갔을 그림 안에 무엇을 말하고 싶었을까? 구름이 기억하는 이야기와 별의 투정과 바람의 위안과 달의 미소가 보인다.

한 팔을 길게 뻗어 손바닥으로 그 이야기의 온기를 느낀다. 나의 기억과 담장의 추억이 시간의 매듭을 이을 때쯤 길을 멈추고 가슴을 쓸어내린다.

저 구석에 무너진 담벼락처럼 나는 어디에 누워야 할까? 지나온 길과 지나온 흔적을 저 담에 그리고 먼 바다로 한숨을 길게 뱉어 본다. 그렇게 섬을 찾아 떠나는 나의 담장(談章) 여행.

우리는 때로 말하지 못한 이름 하나를 마음에 오래
품고 살아갑니다.
이 글은 부르지 못한 이름이 어떻게 시가 되고, 그 시
가 다시 마음에 남아 우리를 흔드는지에 대한 이야기
입니다.

당신의 마음에 아직 부르지 못한
이름은 무엇인가요?
그 이름은 지금, 당신에게
어떤 감정으로 남아 있나요?

세상에서 가장 아름다운 시

○

　한 번도 소리쳐 본 적 없는 이름이 있다. 언제 내게 왔는지 알 수 없지만 언제부터인가 내 곁을 떠나지 않는 너의 이름. 아프지 않아도 슬프지 않아도 멍들지 않아도 그냥 있으라고 해서 있다는 그 말.

　한 번도 다가오지 않으면서 그렇게 먼 곳에서 무작정 쏜 화살처럼 가슴에 박히는 이유라도 말해 줘야지. 아니라면 그러지 말았어야지. 그렇게라도 하고 싶었으면 다가왔어야지. 그래서 말하지 말고 서성이지도 말았어야지.

　두 번 다시 보지 않겠다고 등 돌리고 한숨지을 때마다 손대지 않고서 온기 전할 거라면 그 길에 있지도 말았어야지. 그 길 끝에 옷깃만 감추고 가로등 뒤에서 울지도 말았어야지.

　세상에서 가장 아름다운 너의 이름은 세상에서 가장 아름다운 나의 시(詩). 눈이 시린 아침 이슬로 다가와 뜨거운 눈물이 되어 흐르는 가슴앓이. 그래서 다시는 부르지 않겠노라, 너의 이름 그렇게 애태우는데….

우리는 태어나 처음으로 누군가의 등에 업혀 세상을 만납니다. 그 온기와 시선, 그리고 걸어온 길은 시간이 흘러도 마음 깊은 곳에 남아 삶의 방향이 됩니다. 이 글은 그렇게 전해진 사랑이 어떻게 다음 길이 되는지를 담고 있습니다.

당신에게 처음 세상을 보여 준 사람은 누구였나요?

그 사람에게서 이어받아,

지금 당신이 걷고 있는 길은 무엇인가요?

포대기

○

　이불에 돌돌 말린 채 등에 업혀 세상을 본다. 엄마의 온기와 엄마의 눈과 엄마의 목소리와 엄마의 길을 따라간다. 엄마의 등을 떠나면 제일 큰 소리로 울음을 터뜨리지만 이내 품에 안겨 꿈을 꾼다. 엄마의 꿈을 꾼다. 이불이 작아질 즈음 마당에 내려와 엄마의 노래를 듣는다. 빨랫줄에 널어놓은 포대기를 바라보며 엄마의 온기와 엄마의 눈과 엄마의 목소리와 엄마의 길을 배운다.

　어느 하늘을 날아가 돌아오지 않는 하얀 포대기를 품에 그려 본다. 이젠 엄마가 그 포대기를 휘감고 새파란 구름 속에 잠들어 계실까? 포대기에 싸인 아기 얼굴을 그리며 꽃을 그리며 사랑을 그리며 바람이 지난, 구름이 비 내린, 해거름 다녀간 산등성이 어느 길을 걷고 계실까?

　온기 가시지 않은 품이 그리워 창밖 먼 하늘 구름에 손을 저어 본다. 작은 포대기처럼 두 손을 벌리고 해맑은 아기의 미소를 담아 본다. 입을 오물거리며 잠든 아기에게 엄마의 포대기를 덮어 본다. 기적 같은 삶의 인연으로 그리 오래도록 잊을 수 없었던 엄마의 온기, 엄마의 눈, 엄마의 목소리, 그리고 엄마의 길을 지금 내가 간다.

　　　　　　　　　　　　　　　　　　　　　　담장

우리는 어떤 이름을 끝내 부르지 못한 채 계절을 지나오기도 합니다. 이 글은 돌아오지 않은 한 사람을 기억하며, 말로 전하지 못했던 마음을 조용히 건네는 편지 같은 이야기입니다.

당신의 기억 속에, 계절이 바뀔 때마다
떠오르는 이름이 있나요?
그 사람에게 지금,
전하지 못한 말이 있다면 무엇인가요?

겨울 이야기

○

긴 겨울 방학이 지나면 선생님은 오지 않은 아이들의 이름을 불렀다. 그해 겨울은 너무 추웠고 몇몇 아이들은 이름을 불러도 대답하지 않았다. 성북역 기찻길 옆으로 둑방이 길게 늘어선 판자촌에서는 눈물 흘릴 새도 없이 아이들이 죽어 나갔다. 병에 걸린 아이보다 굶어 죽은 아이가 더 많았다.

여름이 다 지나도록 삐쩍 마른 친구의 목소리는 여전히 우렁찼는데, 그해 겨울은 아이들의 목소리마저 가져가 버렸다. 눈은 내리고 발자국이 흔적도 없이 사라지는 운동장엔 오지 않은 아이의 신발만 기억하고 있었다. 어렴풋이 들리는 귓속말이 맴돌았지만 믿지 않았다. 그렇게 예쁜 친구의 긴 머리카락이 하얀 보자기에 담겨 중랑천으로 흘러가고 말았다는 이야기.

아직도 겨울이 지나면 아직도 누군가의 빈자리만 바라보면 아직도 눈 내린 운동장을 바라보면 아직도 마르지 않은 기억의 언저리에서 주저앉을 수밖에. 차라리 달려가 겨울 둑방 길을 달려 소리치고 싶었는데 그러지 못한 아쉬움만 거리에 널려 있다.

전해 주지 못한 머리핀을 꼬옥 손에 쥐고 하늘로 흘러간 머리칼

을 따라가 보지만 어디서도 찾을 수 없는 친구의 흔적. 그 머리카락
에라도 나비핀을 꽂아 주고 싶었는데 이젠 어떻게 해야 하나. 겨울
이면 겨울을 나지 못한 그 겨울의 친구를 찾는다.

담장

우리는 아주 사소한 향기 하나로 오래된 기억 속으로
단번에 돌아가기도 합니다. 이 글은 '스피아민트'라는
작은 껌 하나가 어떻게 오래된 기억과 사랑을 불러오
는지가 담긴 이야기입니다.

당신의 기억을 가장 먼저 불러오는
향기는 무엇인가요?
그 향기에는 어떤 사람과
어떤 장면이 함께 담겨 있나요?

스피아민트

○

짙은 밤색 거북이 등껍질 무늬 네모 가방. 금장 구슬 두 개가 맞물려 입을 다물고 있다. 엄지손가락 검지손가락으로 구슬 하나씩 맞대고 힘을 주면 '딱' 하는 소리와 함께 입을 벌린다. 나들이에 한복 곱게 차려입고 콧대 높은 새하얀 고무신을 사뿐히 걸어가실 때면 한 팔에서 살랑거리는 엄마의 악어 핸드백.

까치발을 들고 팔을 길게 뻗어야 옷고름에 겨우 닿을 수 있는 어린 시절 엄마의 악어 핸드백은 나의 보물 상자였다. 고 안에 도대체 무엇이 들어 있을까? 고 안에서 도대체 무엇이 저런 향기를 뱉어 내는 걸까? 앞을 보진 않고 악어 핸드백에 눈이 팔리다 돌부리 걸려 넘어져 코가 깨지고 나서야 알았다.

코피가 줄줄 흐르는 내 코를 닦아 주시려고 손수건을 꺼낼 때 악어는 드디어 입을 벌렸다. 그 순간을 놓치지 않고 재빨리 일어나 코피는 아랑곳하지 않고 악어 배 속을 들여다보았다.

하얀 손수건은 코피로 물들고 악어 배 속에 고개를 처박은 내 얼굴을 들어 걱정 반 웃음 반 미소를 지으시면 꺼내 주신 그 스피아민트. 노란 종이를 감싼 은박지 안의 향기. 반을 잘라 입에 넣어 주시며 입을 벌리는 시늉으로 나를 달래던 엄마의 향기.

담장

우리는 때로 누군가의 아픔 위에서 뜻하지 않은 변화가 시작되는 모습을 보게 됩니다. 이 글은 한 존재의 상처와 헌신이 어떻게 다른 생명을 살리고 세상을 밝히는 씨앗이 되는지에 관한 이야기입니다.

누군가를 위해 감당해 본 아픔이 있나요?
당신의 삶에서, 힘들었지만
결국 의미로 남은 순간은 무엇이었나요?

뛰는 꽃

○

"앗, 따거워!"

주인 잃은 절름발이 늙은 개 폴의 등 위로 씨앗 하나가 떨어졌습니다. 그리고 높이 나는 새 한 마리가 쏜살같이 내려앉았습니다. 새는 폴의 등을 쪼기 시작했습니다.

"아파, 아프단 말이야. 그만해, 그만하라고!"

"나는 내가 잃어버린 씨앗을 찾고 있는 중이야."

새가 폴에게 말했습니다. 새는 폴이 아프단 말에도 아랑곳하지 않고 등을 계속 쪼았습니다. 폴의 등에서 피가 흘렀습니다. 새는 날아가 버렸습니다.

"등이 가려워. 왜 이러지?"

폴의 등에서 작은 싹이 돋아났습니다. 싹이 자라 줄기에 잎이 나고 꽃이 피었습니다. 절름발이 늙은 개 폴이 걸을 때마다 등에 핀 꽃이 폴짝폴짝 하늘을 향해 솟았습니다. 지나가는 아이들이 폴의 주변으로 몰려들었습니다.

"우와, 신기하다! 꽃이 뛰고 있어."

아이들이 좋아하는 모습을 보고 폴은 힘을 내서 발을 디뎠습니

담장

다. 폴이 한 걸음 뗄 때마다 꽃은 하늘을 향해 뛰고, 아이들은 까르르 소리를 내며 환한 웃음을 지었습니다.

절름발이 늙은 개 폴은 더 이상 뛸 힘이 없을 때까지 걸었습니다. 아주 먼 곳으로 구름 아래 비 내리는 들판까지 있는 힘을 다해 발을 디뎠습니다. 길은 험하고 어두웠지만 작은 돌부리에 걸려 넘어지기라도 하면 꽃이 다칠까 아주 조심스럽게 걸었습니다. 아주 먼 곳이었지만 꽃을 위해 꼭 가야 할 곳이라고 생각했습니다.

더 이상 걸을 수 없을 때쯤 폴은 너른 들판 구름 아래 작은 언덕 아래 몸을 뉘었습니다. 폴은 깊은 잠에 빠져들었습니다. 하늘나라 꿈을 꾸고 있을 폴을 위해 구름이 이불을 덮어 주었습니다. 그리고 따뜻한 비를 내려 주었습니다.

꽃은 더 이상 뛰지 않았습니다. 하지만 폴의 등 위에서 비를 타고 구름으로 향해 높이 솟아올랐습니다. 하늘은 꽃으로 뒤덮이고 씨앗이 온 세상으로 퍼져 나갔습니다. 들판은 꽃으로 물들었습니다. 폴은 들판의 꽃이 되었습니다.

어미 개 한 마리가 새끼 강아지들을 데리고 꽃으로 물든 들판으로 왔습니다. 어미는 큰 꽃나무 곁에 누웠습니다. 새끼 강아지들이 행복하게 뛰어놀았습니다. 꽃을 피운 폴의 무덤에서….

우리는 모두 어딘가로 향해 걷고 있지만, 그 길의 끝이 어디인지 분명히 알지 못한 채 살아가기도 합니다. 이 글은 길을 안내하는 존재와, 각자 다른 문 앞에 서게 되는 사람들의 선택과 두려움을 담은 이야기입니다.

당신이 지금 걷고 있다고 느끼는 길은
어디로 향하고 있나요?
만약 여러 개의 문 앞에 서게 된다면,
당신은 무엇을 기준으로 한 문을 선택하고 싶나요?

길잡이 모른

○

"어디로 가는지 알고는 있는 거예요?"

"글쎄요. 다들 가고는 있는데 거기가 어딘진 잘 모르는 눈치예요."

"우리를 데려다주기로 한 사람은 어디에 있는 겁니까? 아무도 몰라요? 무작정 이렇게 걸어가기만 하면 어쩌란 말이에요."

길잡이 모른이 나타난 건 새벽 어스름 녘이었다. 작은 가방에 검은 모자를 쓰고 있었다. 안경을 쓰고 있었는데 짙은 회색빛이 감도는 뿔테였다. 누구나 길잡이 모른에 대해 알고 싶어 했지만, 그가 왜 자신들의 길을 안내하는지에 대해서는 물어보지 않았다. 다만 그를 따라가기만 하면 된다고 생각했다.

한 아이가 울먹이며 여자의 손을 붙잡았다.

"무서워요. 집에 데려다주세요."

"나도 무서워. 내 손을 꼭 잡으렴."

"혼자 있기 싫어요. 집으로 가는 길을 찾을 거예요."

"다들 집으로 가는 길을 찾고 있단다."

"집이 다른데 왜 같은 길을 걷고 있는 거죠?"

한 노인이 아이에게 다가왔다. 그리고 몸을 낮춰 아이의 눈을 바

라보며 말했다.

"언젠가는 집으로 돌아가는 거란다. 우리 모두 집으로 가고 있는 거야."

막다른 길 끝에 일곱 개의 문이 있었다. 길잡이 모른은 한 사람씩 서로 다른 문 앞에 서라고 손짓했다. 사람들은 길잡이 모른의 지시대로 문 앞에 섰다. 아이도 하나의 문 앞에 섰다. 아이가 울먹이며 물었다.

"우리 집으로 가는 길이에요?"

여자가 길잡이 모른에게 울부짖었다.

"이 어린아이는 아직 때가 아니잖아요. 집으로 돌아가기에는 너무 어려요. 너무 어리단 말이에요."

길잡이 모른이 모자를 눌러썼다. 그러자 문이 열렸다. 작은 불빛이 보이더니 아이가 순식간에 문 안으로 빨려들어 갔다. 나머지 사람들도 문 안으로 사라졌다.

담장

우리는 누군가의 손을 잡고 자라기도 하고, 어느 순간에는 그 손을 놓아주며 성장하기도 합니다. 이 글은 한 아기와 한 강아지가 서로의 속도를 맞추며 자라난 시간에 대한 이야기입니다.

당신이 처음 앞으로 나아갈 수 있도록
곁에 있어 준 존재는 누구였나요?
이제는 놓아주었지만, 여전히 마음속에서
함께 걷고 있는 존재가 있나요?

뒤로 뛰는 개

○

햇살 가득한 창가 요람. 이제는 걷고 싶은 아기는 머리 위를 빙글빙글 돌아가는 장난감 강아지의 멜로디에 잠이 들었습니다.

아기는 꿈을 꿉니다. 마당에서 빨래를 널고 있는 엄마 곁에서 공을 차고 뛰어노는 꿈. 그건 그냥 꿈이 아닙니다. 아기의 꿈이며 엄마의 꿈입니다. 더 이상 요람에 누울 수 없을 때쯤 아기가 마당에 나와 엄마의 빨래 사이를 뛰어다니길 바라는 엄마의 간절한 바람입니다.

해거름 녘이 되어 아빠가 집으로 돌아왔습니다. 두 손에 작은 강아지 한 마리가 바구니 요람에 누워 있습니다. 어미 잃고 길을 헤매다 두 다리를 다친 아기 강아지.

아빠를 반기는 아기 곁에 강아지 요람을 놓아둡니다. 그렇게 아기와 강아지는 요람에 누워 같은 꿈을 꿉니다. 아기와 강아지는 요람에 누워 마주 보고 있습니다. 서로를 어루만지며 아침을 맞이하고 해 지는 노을에도 같이 물들었습니다.

그렇게 시간이 흘렀습니다.

"강아지가 없어졌어요."

엄마가 다급한 목소리로 말했어요. 온데간데없이 사라진 강아지

 담장

요람을 들고 엄마가 아빠를 찾을 때 마당에서 소리가 들렸어요. 강아지가 마당 한가운데 앞발로 버티고 아기가 잠든 창가를 향해 짖어 댔어요.

그때였어요. 아빠가 감격에 겨워 말했어요.

"우리 아기, 우리 아기가 일어섰어요."

아기가 두 팔을 뻗어 창틀을 붙잡고 창밖을 바라보고 있는 거예요. 아기는 조그마한 발을 딛고 두 팔로 버티고 서 있었어요. 다음 날도, 그다음 날도 그랬어요.

"우리 아기가 없어졌어요. 우리 아기."

이번엔 아빠가 소리쳤어요. 아기가 요람에서 사라진 것이었습니다. 요람에서 창밖을 바라보던 아기가 없어진 거예요.

"저기 봐요. 저기요. 우리 아기가 마당에서 강아지와 같이 있어요."

그다음 날에도 또 그다음 날에도 아기와 강아지는 요람에서 마당으로 나갔어요.

"아이구! 큰일 날 뻔했어요, 큰일."

이번엔 동네 할머니가 마당으로 뛰어 들어왔습니다. 할머니를 따라 들어온 할아버지는 숨이 넘어갈 듯했습니다. 한 팔에는 강아지를 안고 있었고, 다른 한 팔에는 아기를 안고 있었어요.

"아니, 이 녀석들이 저기 큰길까지 기어가고 있지 뭐예요."

할아버지는 아기와 강아지를 마당에 내려놓았습니다. 그러자 강

 담장

아지가 아기와 마주 보며 뒤로 뛰기 시작했어요. 아기는 강아지를 따라 앞으로 기었어요. 다음 날에도 그다음 날에도 그랬어요. 아빠는 아기와 강아지가 큰길로 나가지 못하게 문을 잘 잠가 두었어요.

엄마는 마당의 잔디가 잘 자라게 물을 주었어요. 아빠는 아이들이 다치지 않게 잔돌을 치우고 잘 다듬었어요. 다음 날도 또 그다음 날도 그랬어요.

"이젠 문을 열어 줘야겠어요."

아빠가 말했어요.

"네, 그렇게 해야겠어요."

그러자 아기가 문밖으로 나갔어요. 강아지도 따라 나갔어요. 이번엔 아기가 앞에 서고 강아지가 뒤를 따랐어요. 더 이상 아기도 아니었고, 강아지도 아니었어요.

"아니, 아이들을 저렇게 두면 어쩌려고…."

할머니가 걱정스럽게 말했어요.

"이젠 나도 힘들다우. 그냥 둬요."

할아버지가 말했어요. 그렇게 몇 달이 가고 몇 년이 지나갔어요.

"청군 이겨라! 백군 이겨라!"

마을 운동회가 열리는 학교 운동장에서 응원 소리가 울려 퍼졌어요. 한 아이가 운동장을 달리고 있어요. 그 뒤를 따라 바퀴에 의지한 개 한 마리가 아이와 마주 보며 거꾸로 달리고 있어요. 그다음

해도 달렸고 또 그다음 해에도 달렸어요.

그렇게 몇 해가 지나고 더 지나, 요람에 누워 있던 아기는 청년이 되어 TV에 나왔습니다. 우승 트로피를 들고 있는 그 청년은, 뒤로 뛰는 개와 함께 뛰던 그 아이였습니다. 청년은 눈물을 흘렸습니다. 중계하던 아나운서가 말했습니다.

"우승의 눈물을 흘리고 있네요."

사실 그 눈물은 뒤로 뛰는 개를 추모하는 청년의 눈물이었습니다.

 담장

사람은 때로 가장 사랑하는 것을 지키기 위해 가장
사랑하는 곳을 떠나기도 합니다. 이 글은 한 번도 꺼
내 말하지 못한 상실과, 그 슬픔을 견디기 위해 선택
한 떠남에 대한 이야기입니다.

당신이 끝내 말하지 못한 것이 하나 있다면,

그것은 무엇인가요?

지키기 위해 떠난 적이 있다면,

당신은 무엇을 남기고 왔나요?

나비만큼만 먹어도 하늘을 날 수 있어

○

왜 고향 집을 떠났는지 아무에게도 말하지 않았어요. 아내도 딸과 아들도 그 이유를 몰라요. 고향 집을 그리워했지만 고향으로 돌아갈 생각을 하지 않았어요. 왜냐하면 혼자만 알고 있는 슬픈 기억 때문이에요.

"나비만큼만 먹어도 하늘을 날 수 있을 텐데…"

고향 집을 떠난 이유예요. 그해 이른 봄 동생이 죽었어요. 너무 가난해서 겨우내 먹을 것이 부족했어요. 어떻게 해서든 추운 겨울을 이겨 내야 했지만, 동생은 그렇지 못했어요. 추위와 배고픔에 시달리던 동생은 병에 걸려 한 달을 고생하다 하늘나라로 갔어요.

동생을 살리려고 온 가족이 먹을 것을 구해와서 동생에게 먹이고 건강을 찾아 주려고 했지만, 동생은 아무것도 먹지 못했어요. 동생의 병은 깊어 갔고 겨울이 지나고 따뜻한 봄이 오자 끝내 숨을 거두고 말았어요. 뒷동산에 동생을 묻으면서 엄마가 한 말이에요.

"나비만큼만 먹어도 하늘을 날 수 있을 텐데. 그 나비만큼도 못 먹고 하늘로 날아가는구나."

엄마는 동생이 죽은 후로 거의 매일 동생이 묻힌 뒷동산에 올랐

담장

어요. 그리고 아침에 지은 따뜻한 밥 한술을 떠서 동생이 묻힌 곳에 놓아 주었어요. 그러면서 동생에게 말했어요.

"나비만큼만 먹어도 하늘을 날 수 있을 텐데. 넌 이제 진짜 나비가 되었구나. 어느 하늘을 날고 있니? 이 어미를 두고 지금 어느 하늘을 날고 있니?"

매일 아침 엄마가 밥 한술을 들고 동생이 묻힌 뒷동산에 오르는 걸 봤어요. 그리고 멀리 엄마의 울음소리를 들었어요.

"나비만큼만 먹어도 하늘을 날 수 있을 텐데. 나비만큼도 못 먹고 하늘을 어떻게 날아가니? 자, 이 어미가 밥 한술 떠왔다. 이 밥 먹고 하늘을 훨훨 날아가거라. 춥지도 않고 배고프지도 않은 하늘을 날아가거라."

엄마의 슬픔이 얼마나 큰지 너무나 잘 알고 있었어요. 유독 오빠를 잘 따르던 동생의 죽음은 가슴을 찢어지게 했어요. 하지만 자식을 잃은 엄마의 마음을 어떻게 헤아리겠어요. 그래서 엄마 앞에서는 슬픈 내색도 할 수 없었어요.

하지만 매일 아침 엄마가 동생이 묻힌 뒷동산에 오를 때면 그 길을 따라 걸었어요. 그리고 먼 발치에서 엄마의 흐느낌을 바라보면서 동생의 그리움을 달랬어요. 그리고 작은 소리로 하늘나라의 동생에게 말했어요.

"나비만큼만 먹어도 하늘을 날 수 있을 텐데. 오빠가 돈 벌어서

담장

맛있는 거 많이 사 줄 수 있었는데. 오빠가 돈 벌 때까지만 살아 있으면 세상에서 제일 맛있는 것으로만 사 줄 수 있었는데…. 왜 벌써 나비가 된 거야? 왜 벌써 하늘로 날아간 거야? 왜 벌써, 왜 벌써….”

매일매일 동생이 보고 싶어서 견딜 수가 없었어요. 엄마의 슬픔 뒤에 숨어서 흘리는 눈물은 마를 날이 없었어요.

그렇다고 엄마 앞에서 그 눈물을 흘릴 수도 없었어요. 엄마는 나비가 되어 하늘을 날고 있는 딸의 그리움으로 하루하루 힘든 날을 보내고 계셨거든요. 겨울이 한두 번 더 지나면 엄마마저 잃어버릴 거 같다는 두려움에 싸였어요.

그래서 집을 떠나기로 결심했어요. 어떻게든 배고픈 겨울이 오지 않게 하려고 다짐했어요. 그래야 엄마의 슬픔이 조금이라도 덜어질 거라고 생각했어요. 곧 돌아오겠다는 말을 남기고 엄마의 눈물을 가슴에 담고 집을 떠났어요. 그렇게 고향 집을 떠났던 거예요.

어떤 이별은 떠났다는 사실보다 기다림이 먼저 찾아옵니다. 이 글은 '하늘나라에 갔다'는 말을 곧이곧대로 믿었던 한 아이가, 돌아오지 않는 아버지를 부르며 시간을 건너는 이야기입니다.

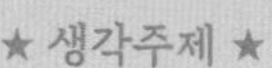

당신은 아직도 기다리고 있는 사람이 있나요?

그 사람과 나누지 못한 약속 하나를 떠올려 보세요.

아부지 아부지

○

어릴 적 아버지가 돌아가셨어요. 아버지가 돌아가신 줄도 몰랐어요. 그냥 아버지가 돌아가셨다는 말만 들었어요. 하늘나라로 가셨다는 말만 들었어요.

정말 하늘나라에 가신 줄 알았어요. 친척집 마실 가신 것처럼 하늘나라에 마실 가신 줄 알았어요. 그러니 해 지면 돌아오실 줄 알았어요. 늦어도 다음 날이면, 아니 다음 달이나 내년에는 아버지가 돌아오실 줄 알았어요.

하늘나라에 가셨으니 시간이 좀 걸리시더라도 다시 집으로 돌아오시는 줄 알았어요. 그런데 해가 져도 돌아오시지 않았어요. 다음 날에도 돌아오시지 않았어요. 그다음 달에도 돌아오시지 않았어요. 겨울이 지나고 봄이 왔는데도 돌아오시지 않았어요.

복만이는 아버지가 돌아오시지 않아서 해가 지면 산등성이를 향해 아버지를 불렀어요.

"아부지! 아부지! 아부지 어디 계세요? 아부지… 해 떨어져서 어두워져요. 아부지…!"

그러면 방문을 열고 어머니가 말했어요.

“복만아… 어여 들어와. 아부지 하늘나라에 계셔.”

“아부지, 아부지… 이제 그만 돌아오세요. 아부지…!”

“복만아, 이제 그만하고 들어와. 아버지 하늘나라에 잘 계셔.”

“아부지… 내일 약초 캐러 같이 간다고 했잖아요. 아부지… 언제 갈 거예요. 아부지…”

아버지는 산에 오르는 걸 좋아했어요. 아버지는 약초꾼이었어요. 동네에서 이름난 약초꾼이었죠. 산을 잘 타기로도 유명했어요. 좋은 약초가 어디 있는 줄 잘 알고 있었죠.

마을 사람들은 아버지를 ‘약초꾼 의사’라고 불렀어요. 마을 사람들이 아프면 산에 올라 좋은 약초를 구해 왔어요. 그리고 어머니에게 약초를 정성스럽게 달여서 아픈 동네 사람들에게 나눠 주라고 했어요.

그리고 남은 것은 장에 내다 팔아서 쌀도 사고 고기도 사서 먹었어요. 아버지는 식구들이 먹고 남는 것은 이웃과 나누어야 한다고 말했어요.

“이것 봐라. 이건 몸이 붓고 열이 날 때 먹으면 좋단다.”

“아유, 써.”

“이것 봐라. 이건 상처가 곪아서 진물이 날 때 잘 으깨어서 바르면 상처가 아물고 낫는단다.”

“아프겠다.”

담장

"이것 봐라. 이건 팔다리가 저려서 피가 잘 통하지 않을 때 먹으면 효과가 있단다."

"피가 안 통하면 죽어요?"

"이것 봐라 이건 개나 돼지, 닭이나 소가 먹어도 좋은 거란다."

"개나 닭한테도 줘요? 왜요?"

"짐승도 사람과 다르지 않단다. 짐승이 사람들한테 얼마나 많은 걸 해 주는데."

"뭘 해 주는데요?"

"닭은 알을 주고, 돼지는 고기를 주고, 소는 일을 해 주고, 개는 집을 지켜 주잖아."

"그건 그렇네요."

"그래, 그러니까 짐승도 아끼고 소중하게 여겨야 한단다. 개나 돼지를 막 발로 차거나 욕을 해서도 안 된다. 그러면 이담에 개나 돼지로 태어날지도 모른다니까."

"죽으면 개나 돼지로 태어나요?"

"하하! 그럴지도 모르지. 개나 돼지로 태어났는데 사람들이 막 발로 차고 욕을 하면 어떻겠어?"

"아프고 화나요."

"그래, 바로 그런 거야. 그러니까 아무리 짐승이라도 괴롭히거나 욕하면 안 되는 거란다. 짐승이 사람들에게 주는 이로움이 얼마나

많은데. 알겠니?”

“네, 알았어요.”

“여기! 여기 좀 봐라. 여기.”

“왜요, 아버지. 왜요?”

“여기, 여기다. 여기.”

“아버지, 왜요?”

“이것 좀 봐라. 이거. 이게 바로 산삼이란다, 산삼.”

“산삼이요? 맨날 엄마가 말하던 산삼이 그거예요?”

“그래, 이게 산삼이란다. 바로 산삼이야.”

“우와! 우리 이제 부자 되는 거예요?”

“그래. 부자다, 부자. 어젯밤에 꿈자리가 좋더라니. 이런 횡재를 하는구나.”

“우와! 우리 이젠 부자다. 아버지가 귀한 산삼을 캤네.”

“그래. 자, 이제 내려가자. 어서 내려가서 산삼하고 다른 약재를 넣어서 약탕을 끓여야겠다.”

“장에 내다 팔지 않고요?”

“이건 장에 내다 팔 게 아니란다.”

“그럼 그걸 약탕으로 만들어서 뭐 하게요.”

“너 우리 마을 어귀에 작은 초가집 알지? 그 집 딸이 너랑 친하다며?”

“네 동네에서 놀아서 잘 알아요. 그런데 엄마가 아프대요. 그래서 맨날 슬프대요.”

“그래, 그 집에 가져다줄 거란다. 그 아이 엄마가 많이 아프단다. 그래서 약초를 구해서 탕약을 만들어 주기로 했단다. 오늘 그래서 산에 온 거란다.”

“그 귀한 산삼을요?”

“귀하니까 병이 잘 낫지 않을까?”

“그렇겠네요. 그럼 부자는 언제 되는 거예요?”

“부자? 이 약을 먹고 병이 나으면 부자가 되는 거지. 이걸 팔면 돈이 생기겠지만 그것보다 아픈 사람을 살리면 더 큰 부자가 되는 거란다.”

“아, 네 그렇겠네요. 우린 부자네요.”

“그래, 어서 내려가자.”

그 이듬해 약초를 캐러 산에 가신 아버지는 돌아오지 않으셨어요. 해가 져도 돌아오지 않으셨어요. 다음 날에도 돌아오지 않으셨어요. 그다음 달에도 돌아오지 않으셨어요. 겨울이 가고 봄이 왔는데도 돌아오지 않으셨어요.

어머니는 아버지가 하늘나라에 갔다고 말해 주었어요. 아버지랑 약초 캐러 가야 한다고 말해도 어머니는 같은 말만 하셨어요. 아버지는 하늘나라에 계시다고, 그러니 돌아오지 않을 거라고.

하지만 그런 어머니의 말을 믿지 않았어요. 아버지는 단 한 번도 약속을 어긴 적이 없었거든요. 아버지는 산에 있는 모든 약초의 이름과 쓰임을 알려 주겠다고 약속했어요. 그래서 이 산에서 제일가는 약초꾼의 아들이 되겠다고 아버지와 약속했거든요. 아버지도 아들이 이 산에서 제일가는 약초꾼이 되어서 아픈 마을 사람들에게 도움이 되기를 바랐어요.

"아부지… 아부지… 어디 계세요? 아부지…!"

일 년이 넘도록 이슬 앉은 장독대 앞에서 먼 산을 향해 아부지를 부를 때마다 아버지는 답이 없고 산이 대신 말해 주었어요.

"아부지… 아부지… 어디 계세요? 아부지…!"

담장

아이의 마음은 가난을 먼저 배우지 않습니다. 대신 부러움과 서러움을 먼저 배웁니다. 이 글은 하나의 신발과 몇 알의 유리구슬이 한 아이에게 처음으로 '갖고 싶음'과 '지켜야 함'을 동시에 가르쳐 준 이야기 입니다.

당신이 처음으로 갖고 싶다고
느꼈던 것은 무엇이었나요?
그것은 지금도 당신의 마음속에 남아 있나요?

유리구슬

○

막냇동생이 추운 겨울에 신발 한 짝을 잃어버리고 집으로 울면서 들어왔어요. 한겨울에 신발 한 짝을 신지 않고 집으로 울면서 들어 오는 모습을 보고는 깜짝 놀랐어요. 유독 오빠를 잘 따르는 어린 막 냇동생은 오빠를 보자마자 품에 달려들면서 바닥에 주저앉아 엉엉 더 큰 소리로 울었어요. 엄마는 다른 집에 일을 도우러 나가시고 안 계셨어요. 우는 동생을 달래고 물었어요.

"왜 울어? 왜 우는 거야."

"미워, 미워! 밉단 말이야."

"뭐가 미워?"

"다 미워. 엄마, 미워!"

"왜 미워."

"나도 구슬 사 줘. 나도 예쁜 구슬 갖고 싶단 말이야."

"구슬? 무슨 구슬이 갖고 싶은데?"

"다른 애들은 다 구슬 갖고 있어. 예쁜 구슬 갖고 있어. 그런데 왜 난 구슬이 하나도 없어? 친구들이 놀려. 난 가난해서 구슬이 없 다고."

"……."

우는 동생을 보고 할 말을 잊었어요. 동생이 말하는 구슬이 무슨 구슬인지 잘 알기 때문이었어요. 오빠도 그 구슬이 갖고 싶었거든요.

한겨울 설이 되면 어른들에게서 받은 세뱃돈으로 아이들은 마을 어귀의 구멍가게에 들러 이쁜 구슬을 알알이 주머니에 넣고 다녔어요. 아이들은 모여서 구슬치기를 하고 구슬을 굴리면서 놀았어요. 아이들과 놀려면 구슬이 있어야 했고, 구슬이 있어야 놀이에 들어갈 수 있었어요.

그런데 구슬이 없었어요. 오빠에게 없는 구슬은 동생에게도 없었죠. 구슬을 사려면 돈이 필요했고, 설에 세뱃돈을 받아야만 구슬을 살 수 있었어요. 하지만 설에도 구슬을 살 수 없었어요. 구슬을 사려면 돈이 있어야 했는데 구슬을 살 돈이 없었던 거예요.

그렇다고 새해 설날에 세뱃돈을 받지 못한 것은 아니었어요. 겨울에는 약초를 캐기도 힘들고 농사일도 거들 일이 적어서 식구들은 먹을 곡식을 사는 돈도 모자랄 지경이었어요. 세뱃돈을 많이 줄 수가 없었죠.

적은 세뱃돈이지만 가방에 잘 보관해 두었어요. 겨울이 지나고 새 학기가 시작되면 공책을 사려고 모아 두는 중이었거든요. 그래서 다른 아이들처럼 예쁜 구슬을 사지 않았어요.

　　　　　　　　　　　　　　　담장

구슬을 사고 싶은 마음은 간절했지만, 그보다는 공책을 사는 것이 더 나을 거라고 생각했어요. 만일 세뱃돈으로 구슬을 샀더라면 몇 개는 동생에게 주었을 거예요. 그러면 동생은 울면서 들어오지도 않았겠죠. 동생의 말을 듣고 아무 말도 할 수가 없었던 이유예요.

"신발 어쨌어? 신발 한 짝은 어디 있는 거야?"

동생은 그제야 자기 발 한쪽에 신발이 없다는 걸 알았어요. 새까맣게 때가 묻은 발을 쳐다보면서 동생이 말했어요.

"신발이 도망갔나 봐."

"신발이 도망갔다고?"

"신발이 어디 갔지? 왜 내 발에서 도망갔어? 왜 내 발 놔두고 도망간 거야?"

눈물 콧물이 온 얼굴에 질질 흘러내리는 동생의 얼굴을 보면서 복만은 그냥 웃고 말았어요. 동생의 모습이 불쌍하기도 했지만, 그런 말을 하는 동생의 천진난만한 표정에 그냥 절로 웃음이 나오고 말았어요.

"왜 웃어, 오빠? 웃겨? 그럼 오빠도 미워!"

동생의 얼굴을 닦아 주고 발을 깨끗하게 씻겨 주었어요. 그리고 다른 신발을 신겨 주고 동생의 손을 잡았어요.

"어디에서 놀다 왔어? 거기 가 보자. 거기 가서 신발 찾아보자. 도망간 신발이 거기 있을지 모르니까. 더 멀리 도망가기 전에 어서 가

  담장

서 신발 찾아와야지. 안 그러면 영영 못 찾을 수도 있어.”

“싫어, 싫어. 거기 가면 애들이 또 놀릴 거야. 나만 구슬 없다고 놀릴 거야. 도망간 신발이 대신 놀림받으라고 해. 난 싫어. 신발도 창피해서 내 발에서 도망간 거야. 난 싫어.”

“오빠가 도망간 신발 찾으면, 예쁜 구슬 사다 줄게.”

그 말을 듣고 나서야 동생이 화들짝 일어서며 손을 잡았어요.

“정말이야? 도망간 신발 찾으면 구슬 사 줄 거야? 나도 구슬 생기는 거야?”

“그래, 우리 동생 예쁜 구슬 사 줄게.”

동생의 손을 잡고 마을 공터로 갔어요. 아이들은 집으로 돌아가고 아무도 없었어요. 공터 이곳저곳을 기웃거렸지만 동생의 신발은 보이지 않았어요. 무슨 일인지 동생이 놀았다는 그곳에는 신발이 없었어요.

해가 뉘엿뉘엿 서산으로 넘어가려는데 신발은 보이지 않았어요. 동생의 신발이 보이지 않아 걱정되었어요. 그 신발은 명절 때 신으라고 새로 산 신발이었어요. 그래서 더 걱정이 되었어요. 동생이 그 신발을 받아 들고 얼마나 좋아했는지 몰라요. 그런 동생의 표정을 보면서 얼마나 흐뭇했는데요. 그 신발을 꼭 찾아야 했어요.

공터 여기저기를 뒤지는 오빠와 달리 동생은 뒷짐만 지고 있었어요.

 담장

“도망간 신발아, 어딨니?”

오빠는 신발이 말을 알아들을 것처럼 말했어요.

“꼭꼭 숨어서 못 찾을 거야. 신발이 창피해서 숨어 버렸거든.”

“신발이 꼭꼭 숨어 버렸어? 어디 숨었는데? 어디 숨었는지 알아?”

“어디어디 숨어 있을 거야.”

“어디어디 숨어 있는데?”

“저기저기 숨어 있어.”

그제야 알아차렸어요. 어디에 신발이 있는지 동생은 알고 있을 거라고.

“우리 술래잡기하자. 우리 꼭꼭 숨은 신발 찾아보자. 누가 술래할까?”

“내가 할래. 내가 술래 할래. 내가 신발 찾을 거야.”

“그래! 자, 꼭꼭 숨은 신발 찾자. 어서 찾자. 해가 지기 전에 찾아서 어서 집에 가자.”

“여기 있다, 여기 있어.”

동생이 공터 한가운데 커다란 느티나무 아래 뿌리 사이 나뭇잎에 덮인 신발을 찾았어요.

“여깄지요. 여기 신발이 있지요.”

동생이 신발을 찾은 곳으로 갔어요. 동생이 가리키는 나뭇잎을

치우고 신발을 들었어요.

동생의 신발을 집어 든 오빠는 놀랐어요. 동생은 뒷짐만 지고 있었어요. 오빠는 신발을 한 손에 올려놓았어요. 조그만 신발은 손바닥 위에 오롯이 놓였어요. 동생에게 신발을 보여 주었어요. 그리고 손바닥을 살짝 기울였어요.

그랬더니 고 작은 신발 안에서 또르랑 소리가 났어요. 구슬 몇 알이 반짝이며 신발 안에서 저녁노을에 반짝였어요.

손바닥 위의 신발을 다른 쪽으로 기울였어요. 다시 또르랑 구슬 부딪히는 소리가 났어요. 이번에는 무지개 색깔이 영롱한 구슬이 요술 부리듯 신발을 빠져나와 동생의 발아래로 살포시 내려앉았어요.

복만은 구슬이 떨어져 내리는 걸 그냥 바라보았어요. 발아래로 내려앉는 구슬을 바라보면서 동생이 말했어요.

“오빠, 구슬이야. 구슬! 예쁜 구슬이야.”

“…”

“오빠, 내 도망간 신발이 구슬을 데려왔어. 구슬이야. 와! 이 예쁜 구슬 좀 봐.”

동생은 바닥의 구슬 세 알을 주워 눈에 가까이 대고 마치 천국의 창문을 들여다보는 표정으로 바라보았어요. 그런 동생을 그냥 바라보기만 했어요. 동생이 얼마나 그걸 들여보고 있었는지도 모르게 한동안 동생의 모습을 바라만 보고 있었어요.

동생을 데리고 집으로 돌아왔어요. 저녁 밥상을 차리는 어머니와 마주쳤어요. 순간 동생의 손에 들린 세 알의 구슬이 생각나 얼른 빼앗아 주머니에 숨겼어요. 왜 그랬는지는 모르겠지만 어머니가 알면 안 된다고 생각했지요. 그런데 동생이 그 순간 울음을 터뜨렸어요.

"내 구슬. 내 구슬. 내 구슬!"

동생은 저녁 밥상 앞에서 구슬을 만지작거렸어요. 밥이 입에 들어가는지도 모르게 방바닥에 구슬을 굴려 보기도 했어요. 어머니는 동생이 구슬을 갖고 노는 걸 그냥 보기만 했지요.

"구슬이 이쁘네."

어머니가 말했어요.

"이쁘지? 내 구슬이야, 내 구슬."

한동안 동생의 모습을 바라만 보다 오빠에게 물었어요.

"네가 사 줬니?"

뭐라고 대답을 해야 할지 몰랐어요.

"오빠가 아님 누가?"

어머니가 말하지 않았으면 뭐라고 대답을 했을까요?

동생은 잠이 들 때까지도 손에서 구슬 세 알을 놓지 않았어요. 동생이 쥐고 잠든 구슬 세 알은 동생의 꿈속에서 정든 친구가 되었다고 생각했어요. 잠이 든 동생이 연신 웃음 잠꼬대를 했거든요. 그런 모습을 보고 어머니는 미소를 지으셨어요. 하지만 복만은 불안한

담장

마음과 걱정으로 잠에 들 수 없었어요.

밤에 화장실을 가려고 뒷마당으로 나왔어요. 추운 겨울바람이 싸리나무 담장으로 어슬렁거리는 소리가 무서웠어요. 담장 너머로 어슬렁거리는 건 바람이 아니라 귀신일지도 모른다는 생각을 했어요. 그때 할머니께서 해 주시던 말이 생각났어요.

“아무리 배가 고프고 힘들어도 남의 것을 탐내서는 안 된단다. 내 것이 아닌 것은 다 남의 것이란다. 그러니 아무리 주인이 없는 것이라도 함부로 손을 대서는 안 된다. 남의 것에 손을 대면 귀신이 제일 먼저 알지. 남의 것에 손을 대면 귀신이 알고 잡으러 올 거야. 그러니 아무리 힘들고 배고파도 남의 물건에 손을 대서는 안 된다. 탐을 내서도 안 되고, 생각조차 하지 말아야 한다.”

할머니께서 자주 해 주시던 말이었어요. 할머니가 돌아가시기 전날에도 오빠의 손을 잡고 해 주신 마지막 말이기도 했고요.

그 말이 왜 그 밤에 생각났는지 모르겠어요. 겁이 나 부들부들 떨렸어요. 추워서 떠는 건지 귀신이 오빠를 잡으러 와서 떠는 건지 알지도 못했어요.

한 번쯤 산등성이 너머를 보며 무엇이 있을지 혼자 상상해 본 적이 있었을 것입니다. 이 글은 그런 상상에서 시작됩니다. 보이지 않는 세계를 마음속에 그려 보고, 그 세계를 살아가는 존재들을 만나며 세상이 왜 지금처럼 아름다운지를 생각해 보는 이야기입니다.

한 번쯤 산등성이 너머를 보며 무엇이 있을지 혼자

당신이 상상해 본 '저 너머의 세상'에는
누가 살고 있나요?
그 세상은 지금 우리가 사는 세상과
무엇이 다를까요?
지금 우리가 살고 있는 세상에서는
어떤 아름다움들을 발견할 수 있을까요?

저 언덕 너머에는

○

나오는 이 : 소녀, 거인, 화가, 부자

[소녀의 집 마당]

막이 오르면 한 소녀가 나무에 기대어 책을 읽으며 앉아 있다. 소리 내어서 시를 읽는다.

저 언덕 너머에는
거인이 잠자고 있을 거야 아마도

매일 아침 콧바람이
내 머리칼을 스치니까

저 언덕 너머에는
화가가 살 거야 아마도
매일 저녁 푸른 하늘을
곱게 물들이니까

저 언덕 너머에는
부자가 살 거야 아마도

매일 밤 금가루를
밤하늘에 뿌리니까

시를 읽던 소녀가 기지개를 켜며 하품을 한다. 그리곤 스르르 잠이 드는 소녀.

[거인이 사는 언덕]

거인 : (산만 한 돌침대에 거인이 누워서 코를 골며 잠을 자고 있다.) 드르렁… 드르렁… 냠냠. (무언가 맛있는 음식을 먹는 꿈을 꾸는 듯 잠꼬대를 한다.) 후르룩… 아이, 맛있어.

소녀 : (거인이 코를 골 때마다 긴 머리칼이 바람에 흩날린다.) 아이, 시원해. 이런 여름날 시원한 바람이 불어오니까 기분이 좋다.

거인 : (자다가 갑자기 코를 만지며 후비더니 재채기를 한다.) 에… 에… 에취!

소녀 : (바람이 거세지더니 몸이 뒤로 밀려날 듯한다.) 어… 어…. 바람이 정말 세게 부네. 어디서 이런 바람이 부는 걸까?

거인 : (잠에서 깨어나 주변을 두리번거리더니 언덕 아래 나무 그늘에 있

담장

는 소녀를 바라본다.) 누가 내 단잠을 깨운 거야?

소녀 : (머리칼을 만지면서) 바람이 갑자기 멈췄네. 시원한 바람이 불었으면 좋겠는걸.

거인 : (언덕 아래 소녀를 본다.) 저 쬐그만 녀석이 내 단잠을 깨운 거야? 확 바람에 날려 버릴까?

소녀 : 바람아, 시원한 바람아, 어서 불어와. 날 좀 시원하게 해 줘.

거인 : 뭐야? 나한테 하는 말이야. 쬐그만 녀석이 건방지게. 그렇다면 내가 콧바람으로 널 날려 버릴 테다. (한 손으로 콧구멍을 막고 다른 콧구멍을 바람을 세게 불어 낸다.) 에잇, 흐흥!

소녀 : (거센 바람에 몸을 가누기 힘들 정도이다.) 어어어… 갑자기 거센 바람이 부네. 몸을 가눌 수도 없어. 날아갈 거 같아.

거인 : 히히힛. 내 콧바람에는 못 견딜걸. 더 세게 불어 줘야지. 에이잇, 흥!

소녀 : 어어어어어… 몸이 날아갈 거 같아. 날아간다, 내 몸이! (무대 뒤로 사라진다.)

[화가가 사는 언덕]

화가 : (한 손엔 팔레트를 다른 한 손엔 붓을 들고 화가들이 쓰는 동그란 모자를 쓰고 허공을 향해 이리저리 그림을 그리는 몸짓을 한다.) 세상은 모두 나의 캔버스야. 나는 세상을 아름답게 색칠

하지.

소녀 : (몸이 하늘을 나는 듯한 행동으로 무대에 등장한다.)어어어… 내 몸이 날았어. (주변을 두리번거리더니) 여긴 어디지? 나무와 꽃들과 하늘의 색이 너무나 아름다워.

화가 : (언덕 아래에 갑자기 나타난 소녀를 보고는 깜짝 놀란다.) 앗, 저 쬐그만 소녀는 누구? 어디서 갑자기 나타난 거지?

소녀 : (주변을 이리저리 돌아다닌다.) 여긴 정말 아름다워. 누가 이렇게 아름다운 색으로 그림을 그려 놓은 걸까?

화가 : (언덕 아래의 소녀를 보고 잘난 척하며) 누구긴? 바로 나야, 나. 나란 말이야. 세상을 아름답게 그리는 화가가 바로 나야, 나. 나라고!

소녀 : (파란 하늘을 쳐다보더니) 저 파란 하늘은 마치 물감을 뿌려 놓은 거 같아.

화가 : (소녀의 말에 귀를 기울이는 시늉을 하다가) 저 파란 하늘? 하늘이 어때서? 하늘이 왜? 저 파란 하늘이 어때서?

소녀 : 저렇게 하늘이 파란 이유는 뭘까?

화가 : 뭐긴 뭐야? 내가 실수로 파란 물감 통을 쏟아 버려서 저렇게 파랗게 된 거야. 저건 내가 실수로 물감 통을 쏟아서 그렇게 된 거라고.

소녀 : 저 파란 하늘이 제일 예뻐.

　　　　　　　　　　　　　　　　　　　담장

화가 : 뭐라고? 내가 실수로 물감 통을 쏟아서 그렇게 된 건데 제
　　　일 예쁘다고? 아이쿠야.

소녀 : (졸린 듯한 표정을 한다.) 너무 많이 돌아다녔더니 피곤하네.
　　　(나무 아래 잠이 든다.)

[부자가 사는 언덕]

소녀 : (잠에서 깬다.) 내가 깜빡 잠이 들었네. 어? 벌써 밤이잖아.

부자 : (금동전을 세고 있다가 소녀의 목소리에 깜짝 놀라 주변을 돌아본
　　　다.) 누, 누구야? 누가 내 금화를 탐내는 거야?

소녀 : (밤하늘을 바라본다.) 밤하늘이 온통 별투성이네. 금가루처
　　　럼 반짝이네.

부자 : 뭐라고? 금가루? 그건 내가 평생 모은 금화라고. 다 내 거
　　　야. 내 거란 말이야.

소녀 : (하늘을 향해 손을 뻗으며) 하나만 딸 수 있으면 좋겠다.

부자 : (소녀의 손을 잡아채는 듯한 행동을 하면서) 안 돼, 안 돼! 다 내
　　　거라고, 내 거야.

[소녀의 집 마당]

소녀 : (잠에서 깨어나 꿈을 꾼 듯한 표정으로 주변을 두리번거리다 먼 언
　　　덕을 가리키며) 저 언덕 너머에는 거인이 살고, 화가가 살고,

　　　　　　　　　　　　　　　　　　　　담장

부자가 살고 있을 거야. 그러니까 시원한 바람이 불어오고, 하늘은 파랗고, 밤하늘의 별이 온통 가득하지. 셋 중에 누가 제일 좋지? 고민이네. 누가 제일 좋은지 마음속에서 결정을 못 내리겠네.

언덕 위에 거인, 화가, 부자가 소녀의 말을 엿듣고 있다가 서로 앞다투어 소녀에게로 나타난다.

소녀 : (갑자기 앞에 나타난 셋을 보고 깜짝 놀란다.) 누, 누구세요. 여긴 어떻게?

부자 : (손에 가득 들고 있던 금가루를 뿌린다.) 저 밤하늘에 금가루를 뿌린 게 누구게? 세상에서 제일 아름다운 밤하늘을 수놓은 이가 누구게? 바로 나야, 나.

화가 : (부자를 밀치고 소녀의 앞으로 나선다.) 파란 물감을 뿌려 놓은 것처럼 눈부신 하늘을 만든 건 누굴까요? 밤하늘의 별도 바로 내가 만든 파란 하늘이 있기 때문이지. 바로 나라니까.

거인 : (화가와 부자의 뒤에서 큰 소리로 뒷짐을 지고) 힘든 땀방울을 시원하게 식혀 주는 그 바람은 다 내가 만들어 내는 거야. 사람들이 얼마나 고마워하는지 꼬맹이 너도 잘 알지? 내

 담장

가 세상에서 제일이야.

화가, 부자: (서로 밀치며) 아냐, 내가 제일이야, 아냐 내가 제일….

소녀 : 그만하세요. 다들 가만. 세상이 아름다운 건 바로 거인님, 화가님. 부자님이 계셔서 그런 거예요. 세상을 더 아름답게 만들려면 세 분이 힘을 합쳐서 서로 도와야 해요.

거인, 화가, 부자 : (소녀의 말에 고개를 끄덕인다.) 그건 그래.

소녀 : 그러니까 서로 다투지 말고 더 아름다운 세상을 만들어 가기로 해요. 더 푸른 하늘과, 더 반짝이는 별과, 더 시원한 바람을요.

거인, 화가, 부자 : 그래, 그러자. 우리 다 같이 아름다운 세상을 만들어 가자. 하하하하!

모두 같이 행복하게 웃으며 막이 내린다.

흔히 부잣집에서 태어난 사람을 '금수저', 가난한 집에서 태어난 사람을 '흙수저'라고 부릅니다. 태어날 때부터 정해진 수저가 우리의 삶과 행복까지 결정하는 것처럼 말하지요. 하지만 정말 그럴까요? 이 글은 한 아이가 '선택할 수 없는 출발선' 앞에서 스스로 질문하고 답을 찾아가는 이야기입니다.

나는 어떤 수저를 들고 태어났다고 생각하나요?

그 수저는 지금의 나를 어디까지 결정하고 있나요?

만약 다시 선택할 수 있다면,

나는 어떤 삶을 선택하고 싶나요?

지후의 금수저

○

나오는 이 : 지후, 아빠(왕), 엄마(금수저), 할아버지(흙수저), 할머니(은수저)

[지후네 집]

지후네 온 가족이 식탁에 둘러앉아 있다. 식탁 한가운데에 커다
란 금수저, 은수저, 흙수저가 놓여 있다.

지후 : (수저들 쪽으로 손을 뻗으며) 우와, 이게 다 뭐야?

아빠 : (지후의 손을 가로막는다.) 어허, 만지면 안 돼요.

할아버지 : 지후야, 그건 말이다, 이 할아버지의 할아버지의 할아

버지께서 그 할아버지의 할아버지의 할아버지로부터

전해 받은 할아버지의 할아버지⋯.

할머니 : (할아버지의 입을 막으며) 아, 이제 그만하세요!

할아버지 : 퉤, 퉤! 아니, 왜 말을 막아요?

엄마 : (웃으며) 아버님도 참⋯. 어머님 말씀이 맞아요. 그 말씀 다

하시다간 저녁도 못 먹겠어요.

아빠 : 아버지, 제가 지후한테 잘 설명할게요.

담장

지후 : 할아버지의 할아버지의 할아버지께서 그 할아버지의 할
　　　아버지의 할아버지로부터 전해 받은 얘기인 거죠?

온 가족이 큰 소리로 웃는다. 무대가 어두워지고 할아버지, 할머
니, 엄마가 흙수저, 은수저, 금수저 탈을 머리에 쓰고 무대 가운데로
나온다. 아빠는 흰 수염에 화려한 왕관을 쓴 왕의 모습을 하고 커다
란 의자에 앉는다. 무대 배경이 지후네 집에서 나비와 새가 날아다
니는 아름다운 꽃밭으로 바뀐다.

[하늘]

다시 무대가 밝아지고 지후가 바뀐 주위를 보고 놀라 의자에서
일어나 무대 가운데로 나온다.

지후 : (주위를 둘러보며) 우와, 이게 뭐야? 어떻게 된 거야? 여긴 어
　　　디지? 그리고 이건 식탁에 있던 수저들인데…. (왕을 발견하
　　　고 그쪽으로 다가간다.) 저, 실례지만, 여기가 어디인가요?
왕 : (수염을 쓰다듬으며) 네가 바로 지후로구나.
지후 : 엥? 제 이름을 어떻게 아세요? 그리고 여긴 어디예요?
왕 : 여긴 바로 하늘이란다.
지후 : 하늘이라고요? 정말요?

담장

왕 : 그렇다니까!

지후 : 하늘에는 구름과 해와 달과 별이 있잖아요. 여긴 그런 게 하나도 없는데….

왕 : 에헴, 그래도 여긴 하늘이다. 내 말을 못 믿는 거냐?

지후 : 못 믿는 게 아니라, 제가 갑자기 하늘에 있다니까…. 그런데 누구세요?

왕 : 나로 말할 것 같으면 말이다, 지후 바로 너의 할아버지의 할아버지의 할아버지에서 또 그 할아버지의 할아버지의 할아버지인….

은수저 : (왕의 곁으로 다가와 입을 막는다.) 그, 그만…! 제발 그만하세요.

왕 : (은수저의 손을 뿌리치며) 퉤, 퉤! 아니, 감히 왕의 입을 막다니!

지후 : 그래서 누구시냐고요?

왕 : 나는 왕 중의 왕이란다.

지후 : 왕 중의 왕이요?

왕 : 그렇다니까.

지후 : 그럼, 여기가 정말 하늘이 맞는가 보네요.

왕 : 당연하지! 여기 있는 모든 건 다 내가 만든 거란다.

지후 : 그런데 제가 왜 하늘로 온 거죠? 조금 전까지만 해도 할아버지, 할머니, 아빠, 엄마와 같이 집에 있었거든요.

왕 : 그건 말이다, 너에게 선물을 주려고 내가 불렀기 때문이지.

지후 : 선물이요? 오늘은 제 생일도 아닌데요? 크리스마스도 아
　　　니고….

왕 : 누구에게나 주는 선물이란다.

지후 : 그런 선물도 있어요?

왕 : 그래, 사람이 한 번 태어나면 누구나 받는 선물이지.

지후 : 그게 뭔데요?

왕 : 그건 지후 네가 선택해야 한다. 저기 있는 것들 중에서 말이야.

이때 수저들이 왕과 지후 앞으로 나온다. 금수저와 은수저가 서로 자기를 선택하라며 다툰다.

은수저 : (지후를 얼싸안으며) 내가 바로 제일 좋은 선물이야. 나를
　　　　선택하면 돼.

금수저 : (은수저를 지후 품에서 떼어 낸다.) 무슨 소리! 최고의 선물
　　　　은 바로 나라고!

흙수저는 옆에 서서 이런 모습을 그저 바라만 보고 있다.

왕 : 자, 그러지들 말고 각자 자기소개를 해 보아라. 그런 다음 지

　　　　　　　　　　　　　　　　　　　　　　　　담장

후가 스스로 선택하면 되는 것이다.

은수저 : 그게 좋겠어요. 그래야 공평하죠.

금수저 : (팔짱을 끼며) 그런 걸 하나 마나 내가 최고죠.

흙수저 : 자기소개라….

지후 : 좋아요. 할아버지, 아니, 왕 중의 왕님 말씀대로 각자 자기
를 소개해 보세요. 그러면 제가 저의 선물을 선택할게요.

왕 : 다들 들었지? 지후의 마음에 쏙 들도록 자기 자랑을 해 보아라.

지후 : 전 여기서 지켜볼게요. (왕의 무릎에 올라앉는다.)

왕 : 아이쿠, 왜 이리 무거운 게냐….

금수저, 은수저, 흙수저가 왕과 지후 앞으로 나온다. 은수저가 앞
에 있던 흙수저를 뒤로 끌어당기고 제일 앞으로 나선다.

은수저 : 나로 말할 것 같으면, 세상의 가장 아름다운 빛을 담고
있지.

금수저 : 왜 네가 세상에서 가장 아름다운 빛이라는 거야?

은수저 : 왜냐고? (주머니에서 은빛 색종이 조각을 꺼내 주위에 뿌린다.)
생각해 봐. 온 세상이 눈으로 뒤덮이면 사람들은 은빛
세상이라고 하잖아. 게다가 아주 오래전부터 사람들은
은으로 돈을 만들어 사용해 왔다고.

흙수저 : 그건 그래. 나도 눈이 내리면 세상이 온통 은빛으로 변
해서 정말 아름답다고 생각하거든. 은이 많으면 부자인
거니까 그것도 좋고.

금수저 : (흙수저를 흘겨본다.) 이런 바보! 눈이 오면 뭐가 좋아? 녹
으면 질척거리기나 하지. 그리고 은보다 금이 더 비싸거
든?

흙수저 : (머리를 긁적이며) 눈 오는 날 강아지들이 좋아서 뛰어다
니는 걸 보면 나도 기분이 좋아지는걸.

금수저 : 이 바보야, 네가 강아지야?

은수저 : 흙수저 말이 백 번 천 번 옳지. 사람이나 동물이나 은빛
을 좋아하기는 마찬가지야. 그래서 내가 최고의 선물인
거야.

흙수저 : 크리스마스에 눈이 내리면 제일 행복해.

금수저 : (흙수저에게) 조용히 안 해!

은수저 : (지후에게 다가가며) 지후야, 어때? 세상에서 가장 아름다
운 은빛으로 빛나는 내가 너의 선물로 딱이지?

지후 : 나도 눈 내린 풍경을 좋아해. 게다가 옛날 사람들이 은으
로 돈을 만들어 사용했다니, 정말 은수저는 대단하구나.

은수저 : 그래, 그러니까 날 선택해!

왕 : 어허! 아직 다른 친구들 이야기가 남아 있지 않으냐. 나머지

　담장

이야기도 다 들어 보자꾸나, 지후야.

이때, 웅장한 행진곡이 울리며 금수저가 머리에 번쩍번쩍 빛나는 금관을 쓰고 앞으로 나온다. 그 모습을 보고 흙수저가 두 손을 모으며 엎드리자 은수저가 흙수저를 발로 차 일으켜 세운다.

금수저 : 자, 다들 나를 보시라.

은수저 : 지금 뭐 하는 거야? 왕 중의 왕이 계신 앞에서 왕의 흉내를 내는 거야?

금수저 : (자신이 쓰고 있던 금관을 왕의 머리에 씌워 준다.) 자, 보라고. 왕관이 무엇으로 만들어졌는지를!

흙수저 : 우와, 정말 멋지다! 금으로 만든 왕관이야. 저렇게 화려하고 아름다운 왕관은 처음 봐.

금수저 : (흙수저에게 다가간다.) 그렇지? 너, 혹시 은으로 만든 왕관 본 적 있어?

흙수저 : 아, 아니, 본 적 없어. 왕관은 다 금으로 만들겠지.

금수저 : 그래, 맞아. 왜 왕관을 은이 아니라 금으로 만드는지 알아?

흙수저 : 그건 잘 모르겠는데….

금수저 : 이 바보야, 그건 제일 신분이 높고 귀한 왕에게 금이 가

 담장

장 잘 어울리기 때문이야.

은수저 : (팔짱을 끼고 금수저를 외면하며 돌아선다.) 흥! 잘난 척은….

금수저 : (은수저를 흘끔 쳐다보며) 은이 세상의 제일이라면 왕관을 은으로 만들겠지. 하지만 그게 아니라 금이 최고이기 때문에 금으로 왕관을 만드는 거라고.

흙수저 : 아하, 그렇구나! 금이 최고구나.

금수저 : 얼마나 최고냐 하면, 오랜 옛날부터 금을 차지하기 위해서 많은 전쟁이 일어날 정도였지. 금으로 만든 왕관을 차지하려고 사람들을 죽이기까지 했는걸.

흙수저 : (깜짝 놀란 표정으로) 사람들을 죽였다고?

은수저 : (은수저가 몸을 돌려 흙수저에게 다가가며) 그래, 사람들이 죽었어. 금을 차지하려고 전쟁을 하고 도둑질을 하고 그랬다니까. 다 금 때문이야.

금수저 : 그만큼 금이 소중하다는 거야. (지후에게 다가간다.) 그러니까 지후야, 금이 세상에서 제일이야. 네가 나를 선택한다면 최고의 선물을 갖게 되는 거지. 어때?

지후 : 그러게, 듣고 보니 오래전부터 사람들이 금을 무척이나 좋아했구나. 금을 차지하기 위해서 전쟁까지 했다니 말이야.

금수저 : 자, 이제 결정해, 지후야.

지후 : 아직 흙수저의 얘기는 못 들었잖아.

왕 : 그래, 흙수저의 얘기도 들어 보려무나.

은수저 : (흙수저를 가리키며) 쟤 얘기는 들어 보나 마나예요. 들을
가치도 없어요.

금수저 : 맞아요. 보기만 해도 볼품없이 생겼는데, 할 얘기가 뭐
가 있겠어요.

지후 : 그래도 들어 볼래.

금수저, 은수저 : 뭐, 그러든지….

금수저와 은수저가 지후와 왕의 양옆으로 가서 털썩 주저앉고는
지루하다는 표정으로 턱을 괸다. 흙수저는 부끄럽고 자신 없는 듯
고개를 숙인 채 서 있다.

지후 : 어서 해 봐.

흙수저 : (머뭇거리며) 난 말이야… 난 그냥 흙일 뿐이야. 금처럼 왕
관을 만들지도 못하고, 은처럼 돈으로 사용할 수도 없어.

금수저 : 잘 알고 있군.

은수저 : 쯧쯧, 사람들이 널 밟고 다니긴 하지.

흙수저 : 사람들도 밟고 다니고, 동물들도 밟고 다녀.

금수저 : 아파서 어떡하니…. 불쌍하긴 하다.

은수저 : 어휴, 흙으로 태어나지 않은 게 정말 다행이다.

담장

금수저 : (흙수저를 가리키며) 도대체 넌 도움이 되는 게 뭐니?

흙수저 : 글쎄… 내 품에서 나무와 풀이 자라긴 해. 농부가 씨앗을 뿌리면 자라서 꽃을 피우기도 하고 열매를 맺기도 해.

은수저 : 꽃이나 열매를 네가 만드는 건 아니잖아.

흙수저 : 그건 그렇지만…. 난 너희들처럼 귀하지도 않고 최고도 아니야. 사람도 동물도 마음대로 밟고 다니고, 나무와 풀이 자리를 잡고 꽃을 피우거나 열매를 맺기도 해. 그런데, 난 그냥 그게 좋아. 내 품에서 자란 씨앗이 아름다운 꽃을 피우고 맛있는 열매를 만들어 내는 것만으로도 난 기뻐. 꽃을 보면서 열매를 먹으면서 사람들이 행복해하면 나도 행복해져.

은수저 : 별게 다 행복하네. 사람들은 널 좋아하는 게 아니라 꽃이나 열매를 좋아하는 거라고, 이 바보야.

금수저 : 자, 이제 흙수저의 얘기도 들었으니, 지후 네 차례야.

은수저 : 그래, 지후야. 이제 네가 선물을 선택할 차례야.

왕의 무릎에 앉아 있던 지후가 내려와 금수저, 은수저, 흙수저가 있는 곳 한가운데로 나온다.

지후 : (모두에게) 내가 문제 하나 낼게요.

 담장

은수저 : 문제? 뭐든지 내 봐. 내가 다 맞힐 테니까.

금수저 : 문제는 무슨 문제. 지후야, 그냥 '내 선물은 금수저야!'
하고 외치면 돼.

은수저 : 무슨 소리야? 내가 바로 지후의 선물이라고.

왕 : 그만들 해라! 지후의 말을 끝까지 들어 봐야 할 것 아니냐.

흙수저 : 그래, 나도 궁금해.

금수저 : (흙수저를 밀친다.) 넌 상관없어. 빠져!

지후 : (넘어지려는 흙수저를 잡아 주며) 그러지 말고 다들 내 얘기를
들어 봐. 내 문제에 답이 있으니까.

흙수저 : 문제에 답이 있다고?

지후 : 그래, 내 문제의 답이 바로 나의 선물이야.

왕 : (수염을 어루만지며) 그래, 정말로 궁금하구나. 그 문제가 무엇
인지….

지후 : 문제는 오늘 임금님께서 드신 아침밥과 관련이 있어요.

왕 : 내 아침밥?

지후 : 네.

왕 : 흠… 오늘은 나물이 아주 맛이 있었지. 그래서 요리사를 칭
찬해 주려고 불렀었단다.

지후 : 그랬군요. 왜 요리사를 칭찬하려고 하셨어요?

은수저 : 그야, 요리사가 맛있는 나물 반찬을 만들었기 때문이

담장

겠지.

금수저 : (은수저를 무시하는 듯한 말투로) 넌 거기까지가 한계야. 요
리사가 맛있는 나물 반찬을 만들려면 신선한 채소가 있
어야 하잖아. 그러니까 요리사보다는 채소 장수를 칭찬
해 줘야지.

은수저 : 네 말대로라면, 채소 장수가 아니라 그 채소를 심고 기
른 농부를 칭찬해야 하는 거 아니야? 채소 장수도 채소
가 있어야 팔 수 있는 거니까 말이야.

흙수저 : 생각해 보니 그렇네. 은수저 말대로 농부가 칭찬을 받
아야겠네.

금수저 : (흙수저를 밀치며) 넌 빠지라고 했지! (은수저에게 대들 듯이)
뭐? 농부? 왜 농부가 칭찬을 받아? 농부가 채소를 기르
려면 땅에 씨를 뿌리고 가꿔야 하는데. 흙이 없으면 아
무것도 키울 수 없잖아!

지후 : 그래, 바로 그거야! 땅! 바로 흙이 있어서 농부는 신선한 채
소를 기를 수 있고, 또 이 채소를 채소 장수가 팔고, 요리사
는 그걸 사서 맛있는 음식을 만드는 거야. 그래서 임금님도
매일 아침 맛있는 밥을 드실 수 있는 거고 말이야.

왕 : (무릎을 탁 치며 자리에서 일어선다.) 옳거니, 무슨 말인지 알겠
구나!

 담장

금수저와 은수저가 서로 얼굴을 바라보면서 황당해한다. 흙수저는 그냥 멍한 표정으로 서 있고 왕의 웃음소리가 들리면서 어두워진다.

[지후네 집]

첫 장면과 같은 모습으로 지후네 가족들이 식탁에 둘러앉아 있다.

아빠 : (지후의 머리를 쓰다듬는다.) 이제 알겠지, 지후야? 할아버지의 할아버지의 할아버지, 또 그 할아버지의 할아버지의 할아버지로부터….

엄마 : (아빠에게) 여보, 그만….

할아버지 : 그래, 오래전부터 전해 내려오는 이야기란다.

할머니 : 지후야, 이제 네가 선택해야 해.

아빠 : 그래, 네 선택이 지후 너의 미래를 만들어 갈 거야.

지후 : 전 이미 결정했어요. 바로 흙수저예요.

할머니 : 아니, 왜, 은수저가 마음에 안 들었어?

엄마 : 금수저가 더 비싸고 좋은데….

할아버지 : 어허, 다들 조용!

지후 : 물론 금이 제일 값비싸긴 하지만, 저에게는 흙수저가 그 무엇보다 더 귀하고 소중해요.

할아버지 : 지후의 진정한 금수저는 바로 흙수저라는 얘기로구나.

지후 : 네. 맞아요, 할아버지.

엄마 : 지후의 금수저는 흙수저?

아빠 : 그래, 우리 지후가 진짜 중요한 것이 무엇인지 찾았구나.

할머니 : (지후를 얼싸안으며) 장하다, 우리 지후! 장해!

온 가족이 식탁 한가운데 놓인 흙수저를 같이 잡고 웃으며 소리 친다.

엄마 : 지후의 흙수저, 아니 지후의 금수저!

다 같이 : 지후의 금수저!

웃음소리와 함께 막이 내린다.

 담장

PART 2 · 생각을 키우는 이야기

생각을 키우는 일은 뇌를 키우는 일과 같습니다. 뇌를 키우면 생각의 깊이가 달라지고 품위 있는 말과 행동을 하게 됩니다.

생각을 키우는 필사는 글씨를 그대로 옮겨 쓰면서 자신의 생각을 덧붙여 나가는 것입니다. 조금씩 내 생각을 덧붙여 나가기 시작하면 생각이 커집니다. 그러면 생각의 깊이를 더하고 품위 있는 말과 행동이 자연스럽게 나타납니다.

친해지고 싶은 사람, 존경받는 사람의 공통점은 바로 생각을 키우는 노력입니다. 생각을 키우는 필사로 친해지고 싶은 사람, 존경받는 사람이 될 수 있습니다.

도움은 많이 가진 사람만 할 수 있는 일이 아닙니다. 누군가를 돕는 힘은 돈이나 능력보다 먼저 '마음'에서 시작됩니다. 작은 선택 하나가 한 사람의 삶을 바꿉니다. 이 글은 전쟁이라는 가혹한 시간을 지나, 작은 나눔으로 큰 행복을 만난 한 할머니의 이야기입니다.

내가 가진 것이 적다고 느껴질 때에도
나는 도움을 선택할 수 있었나요?
아주 작은 마음 하나로 세상을 따뜻하게
만들 수 있다면, 나는 오늘
무엇을 실천해 보고 싶나요?

염소와 할머니의 꽃

○

지금 우리는 한류라는 세계인의 문화 선진국으로 발돋움했습니다. 우리의 대한민국은 전쟁을 겪은 나라입니다. 전쟁의 한복판에서 비극을 직접 경험하신 분들이 아직도 살아 계십니다.

할머니는 한국 전쟁에서 남편을 잃고 홀로 딸 하나를 키웠습니다. 모두가 어려운 시절이었기 때문에 먹을 것도 입을 것도 부족했습니다. 아파도 병원에 갈 수 있는 형편이 아니었습니다. 할머니의 딸은 어려서부터 몸이 약해서 많이 아팠습니다. 춥고 배고픈 겨울을 이기지 못한 유일한 가족 딸아이는 하늘나라로 갔습니다. 할머니는 세상에 혼자 남게 되었습니다.

남편을 잃고 딸마저 하늘나라로 가 버린 세상에서 혼자 살아간다는 것은 죽는 것보다 더 고통스러운 일이었습니다. 그 무엇으로도 혼자 남은 시간을 위로해 줄 수 있는 것은 없었습니다.

그러던 어느 날, 염소 한 마리가 할머니의 허름한 집 담장을 넘어 마당으로 들어왔습니다. 이웃집 염소가 우리를 나온 것이었습니다. 비쩍 마른 염소가 불쌍해 보여서 할머니는 딸이 좋아했던 꽃을 꺾어 염소에게 먹였습니다. 염소는 할머니가 준 꽃을 맛있게

담장

먹었습니다.

그런데 다음 날 염소가 또 찾아왔습니다. 할머니는 염소에게 마당의 꽃과 풀을 뜯어서 먹여 주었습니다. 하늘나라의 딸도 좋아할 거라는 생각을 하며 염소에게 꽃과 풀을 뜯어 주었습니다.

다음 날, 염소 한 마리가 더 할머니의 집 마당으로 들어왔습니다. 할머니는 그 염소에게도 꽃과 풀을 뜯어 주었습니다. 한동안 할머니는 염소 두 마리를 그렇게 돌봐 주었습니다.

어느덧 시간이 흘러 두 마리 염소는 새끼를 낳았습니다. 이웃은 할머니에게 새끼 염소 한 마리를 주었습니다.

새끼 염소는 할머니의 꽃과 풀을 먹으며 무럭무럭 자랐습니다. 새끼를 낳은 두 마리 염소에게도 먹을 것을 주었습니다. 할머니의 마당에는 더 이상 꽃과 풀이 없었지만 들과 산에 나가 염소들이 좋아하는 꽃과 풀을 구했습니다.

그렇게 한 해 두 해 지났습니다. 할머니 집 마당은 염소들로 가득했습니다. 할머니가 주는 맛있는 야생초들을 먹으며 건강하게 자랐습니다. 마당의 염소가 넘쳐났습니다.

마당에서 키울 수 없는 염소들은 다른 사람들에게 주었습니다. 사람들은 할머니에게 고마움의 표시로 돈을 주었습니다. 할머니는 그 돈을 차곡차곡 은행에 저축하였습니다. 할머니의 마당에 염소들이 가득할수록 통장에는 더 많은 돈이 들어왔습니다.

 담장

은행 직원이 할머니에게 물었습니다.

"이 많은 돈을 다 어디에 쓰실 거예요?"

그제야 할머니는 통장에 많은 돈이 쌓인 걸 알게 되었습니다. 얼마 지나지 않아 마을 사람들은 방송을 보고 깜짝 놀랐습니다. 좋은 집을 몇 채나 살 수 있는 큰돈을 어려운 이웃을 위해 모두 기부했다는 할머니의 이야기였습니다. 방송에서 할머니는 이렇게 말했습니다.

"그냥 행복해요. 행복하면 그만이지, 뭐…"

할머니의 미소가 얼굴 한 아름이었습니다. 하늘나라 딸의 미소였습니다.

담장

생명을 살리는 일은 특별한 사람만이 할 수 있는 것이 아닙니다. 눈앞의 한 사람을 외면하지 않는 용기, 가진 것을 나눌 준비가 되어 있는 마음에서 시작됩니다. 이 글은 '내가 최고다'라는 생각을 내려놓고 비로소 누군가의 삶을 살려 낸 한 선택에 대한 이야기입니다.

나는 지금, 누군가를 외면하지 않을
준비가 되어 있나요?
내가 쌓아 온 능력과 성공은 나만을 위한 것이었나요,
아니면 누군가를 살릴 수 있는 도구였나요?
언젠가 생명을 살리는 선택을 해야 한다면,
나는 어떤 결심을 하고 싶나요?

생명을 살리는 우물

○

　어릴 적부터 덩치가 크고 힘이 세서 골리앗이라고 불리는 아이가 있었습니다. 머리도 좋아 공부를 잘해서 일등을 밥 먹듯 했습니다. 솔로몬이라는 별명은 그때 얻었습니다. 모두가 부러워하는 청년으로 성장했습니다. 자신의 능력이 최고라는 자부심으로 언제나 내가 최고라는 생각을 갖고 살았습니다.

　좋은 직장을 얻고 마음에 드는 여인을 만나 결혼을 했습니다. 좋은 집을 얻고 좋은 차에 좋은 음식을 마음껏 먹을 수 있게 되었지요. 고급 승용차를 타고 다니면서 멋을 부리는 데 많은 시간을 보냈습니다.

　그러던 어느 날 아침, 출근하려고 차 문을 열다 길가에 쓰러져 있는 여인을 발견했습니다. 자세히 보니 한국 사람이 아니었습니다. 초라한 옷에 야윈 몸의 여인이었습니다. 가슴에 무언가를 꼬옥 품고 있었습니다. 여인이 품에 안고 있었던 것은 바로 갓난아기였습니다.

　무슨 사연이 있는지 모른 채 차에 시동을 걸고 출발하려는데, 아기 울음소리가 들렸습니다. 차 문을 열고 운전석에 앉았는데도 아기 울음은 그치지 않았습니다. 하는 수 없이 차에서 내려 쓰러진 여

담장

인을 일으켜 세우고 아기를 두 손에 안아 집 안으로 데려왔습니다. 아내에게 자초지종을 설명하고 여인을 보살펴 달라는 부탁을 하고 출근했습니다.

아침에 있었던 일이 머릿속을 떠나지 않아 일찍 집으로 돌아오니, 아기 엄마가 기운을 차리고 아기에게 우유를 먹이고 있었습니다. 엄마는 아기를 안고 고맙다는 인사를 하고 돌아가려고 했습니다.

한국말이 서툰 엄마는 말을 제대로 잇지 못했지만, 무언가 불안한 표정이었고 딱히 갈 데가 없어 보였습니다. 그래서 아기 엄마를 당분간 보살펴 주기로 했습니다.

주변을 수소문한 끝에 아기 엄마에 대해서 알 수 있었습니다. 아기 엄마는 평소 동경하던 한국 땅에서 돈을 벌어 고향으로 돌아가 가족들을 행복하게 해 주고 싶었습니다. 하지만 한국에서 만난 남편에게 온갖 고통을 받다가 아기를 낳자마자 버림을 받았습니다. 살던 집에서 쫓겨난 아기 엄마는 오갈 곳이 없어 길을 헤매고 있었던 것입니다.

부부는 아기와 엄마를 어떻게 해야 할지 몇 날 며칠 동안 고민하고 의논했습니다. 남부럽지 않게 성장하고 모든 것이 완벽한 생활을 하고 있었지만, 아기와 엄마의 처지를 모른 척할 수 없다고 생각했습니다. 부부는 결정했습니다. 그리고 아기 엄마가 원하는 것을 실행하기로 했습니다. 고향으로 아기와 함께 가족의 품으로 돌려보내는

일이었습니다.

다음 날 회사에 휴가를 내고 아기 엄마와 함께 스리랑카행 비행기에 올랐습니다. 스리랑카에서 돌아온 부부는 고급 승용차를 팔고 집도 팔았습니다. 그리고 스리랑카로 다시 날아갔습니다. 아기 엄마의 마을로 다시 돌아가 자신이 그동안 얻은 것들을 어려운 이웃을 위해 봉사하기로 결심한 것입니다.

마실 물을 얻기 위해 우물을 팠습니다. 배울 곳을 마련하려고 학교를 지었습니다. 생명을 살리는 일이 시작되었습니다. 자신의 능력과 재능을 아낌없이 나눈 부부의 헌신과 사랑으로 수많은 생명이 다시 태어나고 살아났습니다.

여행은 어디로 가느냐보다 누구와 함께 가느냐가 더 중요할 때가 있습니다. 혼자서는 떠날 수 없는 누군가와 함께 떠나는 여행은 오래도록 마음에 남습니다. 이 글은 조금 덜 화려한 선택을 통해 모두가 함께 웃을 수 있는 길을 택한 아이들의 진심에 대한 이야기입니다.

나는 지금까지 누구와 함께하는 선택을
해 본 적이 있나요?
나의 편안함을 조금 내려놓으면
함께할 수 있는 사람이 떠오르나요?
만약 누군가의 소원을 이루기 위한 여행이라면,
나는 어떤 결정을 내리고 싶나요?

진실이의 거짓말

○

바른초등학교 우정반 어린이들의 수학여행 기간이 다가왔습니다. 수학여행을 계획하는 토론 수업이 시작되었습니다. 선생님과 아이들은 수학여행 장소와 일정을 계획하기로 했습니다. 학생들 모두가 참여하는 의견을 모아 가장 좋은 장소와 일정을 선정해서 수학여행에 반영하기로 했습니다.

진실이네 모둠도 신나는 테마 수학여행을 기대하는 마음으로 진지하게 토의를 하였습니다. 어떤 아이는 바다로 가자고 했고, 어떤 아이는 놀이동산이 있는 곳으로 수학여행을 가자고 했습니다.

모둠 토의가 끝나고, 선생님께서는 아이들의 의견을 물었습니다. 여러 가지 의견이 나왔습니다. 그때 진실이가 자리에서 일어났습니다.

"선생님, 꼭 멀리 가야만 하나요? 우리 고장에서 가까운 곳에도 좋은 여행지가 있으니까요. 시간과 비용을 줄고 알찬 수학여행을 만들 수 있잖아요."

"뭐야. 일 년에 딱 한 번인데 이왕이면 우리 고장에서 제일 먼 곳으로 여행을 가야지. 그래야 진짜 수학여행 기분이 나지."

친구의 말에 진실이가 말했습니다.

"전 멀미를 심하게 해서 버스를 오래 타는 게 힘들어요. 그리고 화장실도 자주 가야 해서요."

그 말을 들은 아이들은 수군대기 시작했습니다.

"진실이 멀미 안 하는데. 화장실도 자주 가는 편도 아닌데…."

아이들이 수군거리자, 한 아이가 고개를 숙이고 눈물을 흘렸습니다. 진실이가 그 아이를 바라보며 말을 잇지 못했습니다. 그제야 아이들은 진실이가 왜 그런 말을 하는지 이해했습니다. 교실은 숙연한 분위기로 변했습니다.

"자, 우리 수학여행 일정은 다음 시간에 다시 이야기하기로 하자. 그동안 각자 어떤 곳으로 수학여행을 가는 것이 좋은지, 일정은 어떻게 만들어야 하는지 더 고민해 보고 토의해 보기로 하자."

드디어 수학여행 장소가 결정되는 날이 되었습니다. 각자 의견을 모아 토의를 했습니다. 많은 학생들이 동의하는 장소와 일정으로 결정되었습니다. 바른초등학교 우정반 어린이들의 수학여행 장소는 학교에서 버스를 타고 한 시간 거리의 생태 테마파크로 결정되었습니다. 그곳은 화려하지는 않지만 한 학급이 충분히 어울리기 좋은 놀이 기구도 있었습니다. 그 정도 거리면 멀미도 참을 만하고 화장실도 한 번이면 충분하다고 생각했습니다.

더 먼 곳에 화려한 테마파크가 있었지만, 아이들은 기꺼이 가까

　　　　담장

운 곳으로 결정했습니다. 그런 결정은 바로 정선이를 위한 선택이었습니다. 정선이는 혼자서는 걸을 수 없는 장애를 갖고 있었기 때문에 단 한 번도 버스 여행을 해 본 적이 없었습니다. 졸업 전에 친구들과 버스 여행을 가는 정선이의 소원을 위해 우정반 아이들은 한마음으로 뜻을 모았습니다.

그해 졸업 여행은 20여 년이 지난 지금까지도 졸업생들의 가슴속 추억으로 간직되어 있습니다.

담장

우리는 모두 무언가 부족한 채로 태어납니다. 하지만 그 부족함은 결핍이 아니라 채워 가기 위해 남겨진 '빈 곳'일지도 모릅니다. 이 글은 그 빈 곳을 품은 채 꿈을 향해 나아가, 마침내 꿈의 무대에 오른 한 사람의 도전에 대한 이야기입니다.

나는 어떤 '빈 곳'을 안고 살아가고 있나요?
그 빈 곳 때문에 포기해 버린 꿈은 없었나요?
만약 다시 도전할 수 있다면,
나는 무엇을 채워 보고 싶나요?

세상을 울린 폴 포츠

○

웅장한 오케스트라의 선율을 타고 청중을 파고드는 음색의 노래가 울려 퍼졌다. 푸치니 오페라 《투란도트》의 한 장면에 나오는 노래 〈공주는 잠 못 이루고〉가 절정에 다다르자, 여기저기서 탄성이 터져 나왔다. 두 손으로 얼굴을 감싸고 눈물을 흘리거나 자리에서 일어나 가슴을 부여잡고 할 말을 잃어버린 사람들의 모습이 보였다.

어릴 적부터 작고 못생겼다고 놀림을 받은 아이의 유일한 취미는 노래를 부르는 것이었다. 친구들은 아이가 작고 못생겼다는 이유로 같이 놀아 주지 않았다. 아이는 언제나 혼자였다. 유달리 목소리가 컸던 아이였지만 학교에서는 누구와도 어울릴 수 없어서 친구들은 아이가 말을 못하는 벙어리인 줄 알았다.

학교에서 멀리 떨어진 작은 교외의 한적한 마을에 살던 꼬마는 학교에서 돌아와 들판에 나가 큰 소리로 노래를 불렀다. 아무리 크게 노래를 불러도 뭐라 하는 사람이 없었다. 바람 소리, 새소리, 풀벌레 소리와 함께 아이의 노래는 들판을 지나 먼 산까지 울려 퍼졌다. 아이는 커서 유명한 가수가 되는 게 꿈이었다. 그 꿈을 꾸며 하루도 빠지지 않고 노래를 불렀다.

아이는 외롭게 학교를 다녔고, 이윽고 졸업을 하여 직장에 다니게 되었다. 노래를 계속하고 싶었지만 집안 형편 때문에 그럴 수 없었다. 돈을 벌어 부모님께 효도를 하고 싶었고, 자기가 좋아하는 노래를 들을 수 있는 음악CD를 사고 싶었다.

그는 작은 전자제품 상점에서 일을 했다. 일을 하는 틈틈이 어린 시절의 꿈을 버리지 않고 작은 소리로 노래를 불렀다. 하지만 아무도 그의 노래를 알아주지 않았다. 결국 가수가 되겠다는 꿈을 포기하고 말았다.

그러던 어느 날, 그가 일하는 가게의 텔레비전에서 스타를 발굴하는 프로그램을 우연히 보게 된다. 그 순간 어릴 적 꿈이 되살아나는 듯한 느낌에 사로잡혔다.

그는 용기를 내어 방송국으로 찾아갔다. 노래를 부르겠다고 찾아온 그를 보고 프로그램 담당자는 난처했다. 키가 작고 못생겨서 시청자들이 싫어할 수도 있었기 때문이었다. 하지만 그의 노래를 들어보고 편견은 없어졌다. 신체의 단점은 아무런 문제가 되지 않는다는 것을 노래로 증명했다. 그리고 우승했다. 그가 바로 폴 포츠다.

지금도 세계를 돌아다니면서 노래를 부른다. 그의 노래는 꿈과 노력의 선율이다. 꿈을 이루기 위하여 노력했던 자신의 이야기를 노래에 담아 들려준다. 사람들은 그의 노래가 꿈을 이루기 위한 희망의 메시지라고 여긴다. 그가 노래를 부르는 이유도 많은 사람들이

 담장

꿈을 포기하지 않고 노력하기를 바라는 마음 때문이라고 말한다.

도전하는 사람들에게는 모두 자신들이 이루고 싶은 꿈이 있다. 그 꿈을 이루기 위해서는 도전해야 한다. 노력하는 사람들의 도전 정신은 우리 모두의 마음속에 잘 간직되어 있기 때문에 언제든지 꺼내 볼 수 있다.

꿈을 포기하지 않고 노력하기를 바라는 마음 때문이라고 말한다.

정신은 우리 모두의 마음속에 잘 간직되어 있기 때문에 언제든지

힘들고 외로울 때, 나와 연결되어 있던 사람들마저 하나둘 멀어지는 것처럼 느껴질 때가 있습니다. 그 순간, 뜻밖의 존재가 말없이 곁에 다가와 무너진 마음을 다시 이어 주기도 합니다. 이 이야기는 한 가족과 한 생명이 서로를 붙잡아 주며 다시 웃게 된 시간에 대한 이야기입니다.

내가 가장 힘들고 외로웠을 때,
나를 붙잡아 주었던 존재는 무엇이었나요?
그 존재는 내 삶을 어떻게 버티게 해 주었나요?
지금의 나는 누군가에게
그런 존재가 되어 주고 있지는 않나요?

외발차기의 비행

○

우리 가족의 행복은 외발차기가 준 선물이었어요.

직장을 잃은 아빠와 병으로 힘들어하시는 엄마는 도시를 떠나 시골로 오게 되었어요. 친구들이 아무도 없는 시골에서 생활하는 것은 너무나 외롭고 힘들었어요. 병마와 싸우고 있는 엄마와 힘들게 일하시며 돈을 버시는 아버지 그리고 어린 동생까지…. 우리 식구들은 매일매일 아픈 기억들만 가득했어요.

그러던 어느 날, 시골집에서 키우던 어미 개가 새끼를 낳았어요. 새끼 강아지들이 어미 품으로 파고들었어요. 그런데 한 마리만 멀찌감치 떨어져 품에 안기지 못했어요. 다리 하나만 갖고 태어났기 때문이었어요. 날이 따뜻한 봄, 어미와 마당을 산책할 때에도 무리와 같이 놀 수 없었죠. 어미의 젖을 마음대로 먹지도 못했어요. 다른 강아지들 차지였기 때문이에요.

외발차기라는 이름을 붙여 준 이유는 다리 하나로 땅을 차며 걸었기 때문이었어요. 외발차기는 몸집이 작았지만 한 발로 땅을 차는 연습을 했어요. 수도 없이 땅을 차며 마당을 걷는 연습을 했지요. 한 발로 균형을 잡으려고 꼬리를 땅에 대었어요. 외발차기가 꼬

 담장

리를 땅에 대고 한 발로 휘청거리는 모습은 정말 우스꽝스러웠어요.

외발차기에게 맛있는 식사는 꿈도 꾸지 못할 일이었어요. 바닥에 흐트러진 찌꺼기를 가까스로 주워 먹는 정도였으니까요. 배고파 울기도 하고 따돌림당해서 울기도 하고 마당에 혼자 남겨져서 울기도 했어요.

하지만 포기하지 않았어요. 외발차기 옆에는 항상 어미가 있었거든요. 어미 개는 외발차기가 혼자서 걸을 수 있을 때까지 옆에서 지켜보아 주었어요.

시골 학교에 전학 오면서 아이들과 친해지기 힘들었어요. 도시 친구들 생각에 눈물이 났지만 외발차기를 보면서 견딜 수 있었어요. 외발차기를 보고 있으면 나를 보는 것 같았거든요.

늦은 가을, 집에 돌아와 마당의 외발차기를 보고 깜짝 놀랐어요. 외발차기가 다리 하나와 꼬리만으로도 다른 강아지 형제들과 마당을 자유롭게 걸어 다니는 걸 보았어요. 아니, 뛰어다니며 놀고 있었어요.

그 모습을 엄마와 아빠 그리고 동생과 함께 지켜봤어요. 모두 깜짝 놀라며 웃었어요. 그리고 같이 부둥켜안았어요. 우리 식구가 그렇게 기쁘게 웃으며 한 몸이 되어 행복한 시간을 보낸 건 정말 처음이었어요.

엄청난 사건은 며칠 후에 일어났어요. 마당에 있던 외발차기가 보

  담장

이지 않는 것이었어요. 다른 강아지는 다 있는데 외발차기만 없었어요. 아무리 찾아봐도 없었어요. 그런데 담장 밖에서 외발차기가 짖는 소리가 들렸어요. 분명 외발차기 소리였어요.

문을 열고 밖으로 나가니, 외발차기가 문밖에서 짖고 있었어요. 우리 식구들은 반갑고 놀라운 표정으로 외발차기를 바라보았어요.

그때였어요. 외발차기가 저만치서 우리 가족을 향해 뛰어왔어요. 그러고는 담장을 향해 뛰어오르더니 집 안 마당으로 내려앉았어요. 날개가 달린 줄 알았어요. 보이지 않는 날개를 달고 하늘을 나는 외발차기가 마당에 앉아 있었어요.

 담장

보이지 않는 부모님의 사랑은 쉽게 잊히지만, 그 무게를 깨닫는 순간 마음이 달라집니다. 그 마음을 되새기는 일이야말로 다시 사랑으로 살아가는 첫걸음일지 모릅니다. 이 글은 사랑을 숨겨 온 아버지와 그 마음에 답하려는 아들의 눈물에 대한 이야기입니다.

오늘, 나는 부모님의 어떤 사랑을
떠올릴 수 있을까요?
드러나지 않았던 헌신이 있었다면 나는 언제,
어떻게 느끼게 되었나요?
만약 시간이 다시 흐른다면, 나는 어떤 말로,
어떤 행동으로 그 사랑에 답하고 싶나요?

아버지의 눈물

○

　아버지는 아들의 학원비를 마련하기 위해서 낮에는 직장에 다니고, 밤에는 다른 사람들의 차를 대신 운전해 주는 일을 하였습니다. 다른 아이들처럼 아들을 학원에 보내지 못하는 것이 늘 안타까웠던 아버지는 가족들이 알지 못하게 대리운전을 하였습니다. 직장에서 받는 월급만으로는 온 가족이 생활하기에도 부족했기 때문이었습니다.

　아버지의 대리운전은 아들이 대학에 입학할 때까지 계속되었습니다. 드디어 아들은 자기가 원하는 대학에 합격하였습니다. 온 가족이 아들의 대학 입학을 축하하기 위하여 한자리에 모였습니다.

　그런데 아버지의 얼굴이 다른 때보다 훨씬 거칠어 보였습니다. 눈가에는 검은 그림자가 드리워졌고, 양 볼은 숯이 묻은 것 같았습니다. 가족은 아버지가 걱정되어 병원으로 모셨습니다. 그 자리에서 하늘이 무너지는 소식을 들었습니다. 아버지가 간암에 걸렸다는 의사의 말에 온 가족은 할 말을 잃었습니다.

　아들을 학원에 보내기 위하여 밤낮으로 일한 탓에 간이 병들어 갔던 것이었습니다. 아버지가 아들을 위하여 몇 년 동안 대리운전

담장

일을 하였다는 소식을 어머니로부터 전해 들은 아들은 눈물을 멈출 수 없었습니다.

의사 선생님께서는 아버지를 살릴 수 있는 방법은 다른 사람의 건강한 간을 이식하는 길뿐이라고 말씀하셨습니다. 할 말을 잃은 가족들 사이에서 아들이 일어나 말했습니다.

"의사 선생님, 저희 아버지를 살려 주세요. 저의 간을 이식할 수 있도록 해 주세요. 병원비는 제가 어떻게든지 마련해 보겠습니다."

아버지는 아들을 말렸습니다. 엄청난 병원비를 마련하는 일도 쉽지 않은 일이었지만, 무엇보다 아들의 건강이 위험해질까 두려웠던 것이었습니다.

"내가 아무리 아파도 자식의 간을 이식할 수는 없다. 어떻게 내가 살자고 자식의 간을 빼앗는단 말이냐."

아버지는 아들의 제안을 단호하게 거절했습니다. 가족들은 아버지가 곧 죽을 걸 알면서도 아버지의 결정을 막을 수 없었습니다.

"건강한 간을 이식할 수 있는 사람을 찾았습니다. 그러니 걱정하지 마시고 간 이식 수술을 받으세요."

담당 의사로부터 뜻밖의 소식을 전해 들은 아버지는 가족들의 권유로 간 이식 수술을 받을 수 있게 되었습니다. 얼마 지나지 않아 아버지의 병세는 호전되고 퇴원을 앞두게 되었습니다. 아버지는 자신에게 건강한 간을 기증해 준 분들에게 고마움을 전하고 싶었습

　　　　　　　　　　　　　　　담장

니다.

"아버님께 간을 이식해 준 분은 바로 아드님이었습니다."

아버지는 의사의 말을 듣고 깜짝 놀라 그 자리에 주저앉고 말았습니다. 하지만 건강한 모습으로 아버지 앞에 나타난 아들의 모습에 안도의 눈물을 흘렸습니다. 새 생명은 바로 아버지의 헌신에 보답하는 아들의 생명이었습니다.

담장

돈보다 소중한 것은 정말 많습니다. 우리는 돈이 있
어도 불행할 수 있고, 돈이 없어도 얼마든지 행복할
수 있습니다. 때로는 돈 때문에 더 중요한 것을 놓치
고 있는지도 모릅니다. 이 글은 돈보다 '함께하는 것'
이 더 소중했던 두 형제가 서로의 마음을 확인하는
순간에 대한 이야기입니다.

나에게는 돈보다 더 소중하게 붙잡고 싶은
사람이나 가치가 있나요?
눈앞에 큰돈이 있어도 과감히 내려놓을 만큼
간절히 지키고 싶은 것은 무엇인가요?

형제의 나눔

○

어려서 부모님을 잃은 삼 형제는 뿔뿔이 흩어지게 되었습니다. 삼 형제 중 맏형은 지방의 작은 고아원으로 보내졌습니다. 어린 동생들과 헤어지게 된 슬픔을 가슴에 간직하고 억척스럽게 공부를 해서 돈을 벌었습니다. 드디어 맏형은 주변 사람들이 부러워할 정도의 재산을 갖게 되었습니다. 그래서 헤어진 동생들을 찾기 시작하였습니다.

너무 어려서 동생들과 헤어졌기 때문에 얼굴을 기억하기 힘들었습니다. 막냇동생은 말도 못하는 갓난아기였고, 둘째는 막 걸음마를 뗀 상태였습니다. 맏형도 유치원에 다닐 나이였으니 동생들을 기억하는 것은 힘들었습니다. 그래도 희망을 잃지 않고 형제들을 찾기 시작하였습니다.

그러던 어느 날, 맏형이 개발한 제품이 큰 성공을 거두어 TV 프로그램에 출연하게 되었습니다. 형은 이때다 싶어 어릴 적 헤어진 동생들을 찾는 광고를 냈습니다.

많은 돈을 가진 맏형의 이야기를 듣고 전국에서 많은 사람들이 찾아왔습니다. 방송에서 사연을 들은 사람들은 마치 진짜 동생인

것처럼 예전의 일을 기억하는 듯 말하였습니다. 형은 도저히 동생이 누군지 알 수 없었습니다. 그렇다고 찾아온 사람들을 거짓말쟁이라고 따돌릴 수도 없는 일이었습니다.

형은 방송 관계자의 도움을 받아 아이디어를 냈습니다. 전에 출연했던 프로그램을 통하여 형의 사업이 완전히 망하였고 빚을 엄청나게 졌다는 소식을 퍼뜨린 것입니다. 그러자 동생이라고 찾아오는 사람들의 수가 점점 줄었고, 결국 한 명도 남지 않았습니다. 더 이상 연락도 없었습니다.

그러던 어느 날, 방송국으로 한 통의 전화가 걸려왔습니다. 방송을 보고 연락했다는 시골의 한 농부였습니다. 졸지에 빈털터리 신세가 되어 버린 남루한 차림의 사내가 어릴 적 헤어진 자기 맏형일 거라는 말을 했습니다. 방송국에 연락한 농부를 만나기 위해 맏형은 남루한 옷차림으로 방송국에 갔습니다. 진짜 동생인지 알고 싶었기 때문에 자신의 본모습을 감추었던 것입니다.

방송국에서는 맏형의 진실을 감추어 놓고 농부의 진심을 알아보기 위해서 방송을 진행했습니다. 농부와 맏형이 스튜디오에 들어서는 순간, 정적이 흘렀습니다. 두 사람은 서로의 얼굴을 쳐다보며 아무 말도 하지 않았습니다. 한참을 그렇게 서 있던 두 사람은 서로 부둥켜안았습니다.

"형, 가난해도 상관없어. 저는 돈보다 형제가 더 소중해요."

 담장

동생이 형에게 말했습니다.

"그래, 고맙다. 아무리 돈이 많으면 뭐 하니? 내 동생이 더 소중하지."

맏형은 모두가 외면하는데도 자신을 찾아온 동생을 위해 농촌을 발전시키는 데 온 재산을 기부했습니다. 동생은 형과 함께 농사를 지으며 이웃을 위한 봉사를 하며 행복하고 건강한 삶을 누리게 되었습니다.

담장

새로운 경험은 두려움과 설렘 사이에서 시작됩니다. 익숙한 곳에 머물면 그대로지만, 용기를 내는 순간 경계는 넓어집니다. 하늘의 갈매기와 바다의 돌고래가 서로를 통해 새로운 세상을 만난 것처럼요. 이 글은 익숙함을 벗어나 새로운 가능성을 향해 나아가는 시도에 대한 이야기입니다.

나는 어떤 세계에만 머물러 있다고 느끼나요?

새로운 경험을 향해 한 걸음

나아가고 싶은 영역은 어디인가요?

지금의 나를 조금 더 확장하려면,

무엇부터 시도해 볼 수 있을까요?

하늘을 나는 돌고래,
바다를 헤엄치는 갈매기

○

갈매기 한 마리가 먹이를 찾아 하늘을 날고 있었습니다. 바다 위에 검은 바위 하나가 솟아 있는 걸 발견했습니다. 갈매기는 잠깐 쉬어 가려고 날카로운 발톱을 꺼내 다리를 힘껏 뻗어 바위를 움켜쥐며 내려앉았습니다.

"앗 따가워. 누가 내 등에 올라탄 거야?"

갈매기가 깜짝 놀라 날개를 펄럭였습니다.

"미안, 미안. 바위인 줄 알았어."

갈매기는 돌고래에게 사과했습니다. 갈매기는 바다 위를 날아다닐 때마다 바닷속은 어떤 곳인지 궁금했습니다. 언제나 하늘을 날기만 하면서 바다 위를 보았지만, 그 속에 무엇이 살고 있는지 어떤 모습인지 너무나 궁금했습니다. 갈매기가 돌고래에게 물었습니다.

"넌 어떻게 그렇게 깊고 넓은 바다를 자유롭게 돌아다닐 수 있는 거야?"

"그건 말이야, 갈매기 네가 하늘을 자유롭게 날아다니는 것과 다르지 않아. 내가 하는 걸 잘 봐."

돌고래는 갈매기가 잘 볼 수 있게 물 위에서 헤엄쳤습니다.

담장

"이렇게 하면 나도 바다를 자유롭게 헤엄쳐 다닐 수 있는 거야?"

갈매기는 날개를 몸에 붙이고 꼬리를 펄럭이며 돌고래 흉내를 냈습니다.

"그래, 그렇지. 바로 그거야. 아주 잘하는데!"

이번에는 돌고래가 갈매기에게 물었습니다.

"이렇게 하면 하늘을 잘 날 수 있어?"

돌고래는 지느러미를 위아래로 흔들면서 갈매기 흉내를 냈습니다.

"멋지다. 바로 그거야. 그렇게 하면 나처럼 하늘을 잘 날 수 있어."

갈매기는 돌고래가 보란 듯이 하늘 높이 날아올랐습니다. 그러고는 바다를 향해 쏜살같이 뛰어들었습니다. 돌고래도 바다 깊은 곳으로 내려갔다가 하늘을 향하여 힘차게 뛰어올랐습니다. 갈매기는 잠깐이었지만 바닷속 물고기와 아름다운 산호를 보았습니다. 돌고래도 하늘에 떠 있는 태양을 바라볼 수 있었습니다.

가마우지는 하늘을 나는 새이지만 바닷속 20미터까지 잠수할 수 있습니다. 날치라는 물고기는 바닷속을 헤엄치지만 물을 차고 올라 지느러미를 이용해서 50미터 이상 바다 위를 날아갈 수 있습니다. 가마우지처럼 날치처럼 돌고래도 하늘을 날 수 있을 것입니다. 갈매기도 바닷속 깊이 잠수할 수 있을 것입니다.

사실 어떤 갈매기나 돌고래는 다른 갈매기나 돌고래보다 더 오래

 담장

바다 위로 떠오를 수 있고 더 깊이 잠수할 수도 있다고 합니다. 자신이 잘 몰랐던 자신의 능력과 재능을 잘 활용한다면, 하늘을 나는 돌고래처럼 바닷속을 헤엄치는 갈매기처럼 새로운 세상을 만날 수 있을 것입니다.

우리가 더럽다고, 시시하다고 여기는 것들 속에도 누군가의 삶을 지탱하는 역할이 숨어 있습니다. 눈에 띄지 않는 곳에서 묵묵히 자연을 살리고, 세상을 조금 덜 아프게 만들어 주는 존재들이 있지요. 이 글은 자연의 봉사자이자 과학자인 한 곤충에 대한 이야기입니다.

내가 '하찮다'고 생각했던 것 중,
사실은 꼭 필요한 역할을 하고 있었던 것은
무엇이었나요?
눈에 보이지 않는 자리에서
묵묵히 나를 도와준 존재가 있었나요?

자연의 과학자 쇠똥구리

○

똥을 먹는 쇠똥구리는 먹자마자 똥을 싸는 특이한 습성의 곤충이다. 소는 쇠똥구리의 가장 좋은 친구다. 쇠똥구리가 좋아하는 먹이를 충분하게 공급해 주는 소가 없다면 쇠똥구리가 살 수 없다.

소는 풀을 먹을 때 입을 벌려 혀에 풀을 감아올리면서도 쇠똥구리가 풀에 섞여 입으로 들어오지 않게 한다. 다른 곳의 풀을 먹으려고 자리를 옮길 때에도 쇠똥구리가 밟히지 않게 조심한다.

호주에서는 쇠똥구리를 가장 중요한 곤충으로 생각하고 보존하려고 노력한다. 소의 수가 늘어나면서 들판이 배설물로 가득 차게 되었다. 소의 배설물은 가스를 만들어 낸다. 가스는 지구 온난화의 주범이다.

쇠똥구리는 소의 배설물을 먹어치운다. 먹으면서 배설을 한다. 쇠똥구리가 소의 배설물을 바로 먹어치우고 배설을 하면 가스 발생을 줄일 수 있다. 쇠똥구리가 먹어치우는 소의 배설물의 양은 엄청나기 때문에 농장에서는 소의 배설물을 따로 처리하지 않아도 된다.

아직 이슬이 마르지 않은 너른 들판을 아빠의 손을 잡고 걸어가는 소녀가 풀밭을 줄지어 기어가는 쇠똥구리 가족을 발견했다.

"아빠, 이것 좀 보세요. 이 벌레들, 뭐예요?"

"응. 쇠똥구리란다."

"쇠똥구리요? 아이, 더러워. 밟아 버려요."

"아니야. 그러지 마."

"왜요?"

"쇠똥구리는 자연에 없어서 안 되는 곤충이란다. 아무리 작은 곤충이라도 다 자연에서는 자기 역할을 하고 있단다. 자연의 봉사자란다."

"자연의 봉사자요? 쇠똥구리는 동물의 배설물을 먹는 곤충이잖아요. 더러워요. 냄새나는 똥을 먹는 곤충이니까 얼마나 더럽고 불결해요."

"그렇지 않아. 쇠똥구리는 동물의 배설물을 먹어 치우고 들판을 건강하게 만들어 준단다. 배설물에서 발생하는 메탄가스를 줄여서 지구 온난화를 줄이는 역할도 하지."

"정말 자연의 봉사자네요! 학교에서 환경을 지키기 위해서 일회용품을 쓰지 않는 것과 같네요."

"그래, 맞아. 게다가 쇠똥구리는 자연의 과학자기도 해."

"쇠똥구리가 자연의 과학자라고요?"

"쇠똥구리가 먹이를 동그랗게 만들어서 집으로 가져갈 때에는 거꾸로 서서 뒷발로 밀고 가야 하지. 그런데 방향을 잃지 않고 정확하

담장

게 갈 수 있어. 낮에는 태양의 편광의 대칭을 이용하고, 밤에는 은하수의 빛을 이용해서 길을 찾아가지. 은하수의 빛을 이용해서 길을 찾아가는 능력은 오직 쇠똥구리만이 갖고 있어. 어때? 이만하면 자연의 과학자라고 불러도 되겠지?”

“쇠똥구리는 자연의 봉사자, 자연의 과학자, 그리고 지구 온난화를 줄이는 자연의 환경 보호자네요.”

　　　　　　　　　　　　　　　　　　담장

지구의 열이 1도 오르는 일, 작은 변화처럼 보여도 수많은 생명이 사라지는 절벽 끝으로 한 걸음 더 다가가는 일일지 모릅니다. 미래 세대에게 미룰 수 없는 과제, 지금 우리가 바꿔야 할 선택들. 이 글은 지구를 지키기 위한 작은 실천과 오래된 지혜에 대한 이야기입니다.

지구의 내일을 위해, 지금 당장 내가 멈출 수 있는
소비나 습관은 무엇인가요?
작은 불편을 감수하더라도 내가 꼭 지키고 싶은
지구의 모습은 무엇인가요?

볏짚으로 만든 신발

○

　지구의 연평균 온도가 1도 올라가면 해수면 상승으로 사라지는 동식물의 수가 수백 종에 이른다고 합니다. 해수면의 상승으로 육지의 면적이 줄어드는 것보다 더 심각한 현상은 공기의 질이 더 나빠져 인간의 미래가 불투명해진다는 겁니다. 결국 인간은 인간에 의하여 멸종하게 된다는 시나리오가 만들어집니다.

　지구 온난화의 주범은 탄소 배출입니다. 이산화탄소의 배출로 인한 온실가스의 증가로 지구의 온도가 서서히 올라갑니다. 지구의 온도가 1도 올라가는 현상이 뭐 그리 심각하다고 생각할지 모르겠지만, 그 1도는 동식물의 생육을 좌우하는 열쇠입니다.

　그래서 온도의 변화는 매우 중요한 지구의 미래를 결정짓는 열쇠입니다. 산업화가 시작된 이후, 인구 증가와 도시 개발이 가속화되면서 숲과 동식물이 사라지게 되었습니다. 인간의 풍요로운 삶을 위한 개발이 지구의 생명을 단축시키고 있으며, 지구의 생명 단축은 인간의 생명 단축으로 이어집니다.

　지구 온난화를 막지 못하면 결국 인간의 미래는 불확실하다는 결론을 내렸습니다. 그래서 온실가스의 배출을 줄이기 위하여 많은

나라들이 뜻을 모아 「기후변화에 의한 기본 협약」을 맺었습니다.

1990년 12월 제45차 UN총회의 결의에 따라 정식 제안된 후 정부 간협상위원회(INC)를 구성하여 1992년 5월까지 6차례 공식회의를 개최했고, 1992년 6월 초 브라질 리우 회의에서 협약을 확정 공지하게 된 겁니다. OECD 국가를 중심으로 세계 50개국 이상이 가입하여 온실가스 배출을 규제하기로 했습니다. 협약을 이행하지 않는 나라들에게는 불이익을 주기로 했습니다.

국가별로 일정 수준 이하로 온실가스 배출량을 조정하고, 그 이상일 경우 경제적 불이익과 무역 규제 등의 조치를 가하기로 했습니다. 가난한 나라에게는 재정 지원과 기술 이전을 하여 함께 사는 지구촌이 되기로 약속했습니다.

우리 조상들은 물고기를 잡을 때에 작은 그물코를 쓰지 않았습니다. 작은 그물코를 쓰면 그물에 아직 덜 자란 물고기들이 걸려들게 되고, 그렇게 되면 물고기의 수가 줄어 생태계의 균형이 깨지거든요.

짚신을 신고 시골길을 다닐 때에도 조심했습니다. 촘촘하게 짠 짚신은 번화한 거리에서 신었고, 농촌에서 일할 때에는 헐겁게 짠 짚신을 신었죠. 하찮은 벌레라도 짚신에 밟혀 죽지 않게 하려는 배려였습니다. 옛날에는 지금처럼 지구 온난화가 심하지 않았지만, 미래의 후손들을 위해 자연을 소중하게 아끼고 보전하려는 노력을 게

담장

을리하지 않았죠.

일회용 생필품이 넘쳐나고 온실가스로 하늘 색이 변하고 미세 플라스틱이 바다를 오염시키는 일을 멈추지 않으면, 모든 것을 다 잃어버리게 될 겁니다. 우리가 노력하는 것이 아니라 내가 해야 합니다. 바로 나의 노력이 필요합니다.

라스틱이 바다를 오염시키는 일을 멈추지 않으면, 모든 것을 다 잃어
버리게 될 겁니다. 우리가 노력하는 것이 아니라 내가 해야 합니다.

밤하늘의 별을 올려다보면, 우리가 사는 이 세계가 얼마나 작은 한 점인가를 깨닫게 됩니다. 한때는 그 작은 점이 우주의 중심이라 믿었고, 믿음을 흔드는 진실은 죄가 되기도 했습니다. 이 글은 진실을 향한 관찰과 신념, 흔들리지 않는 한 사람의 용기에 대한 이야기입니다.

지금 믿고 있는 진실을
스스로 확인해 본 적이 있나요?
사람들의 시선보다 내가 옳다고 믿는 것을
선택해야 한다면 나는 어떤 결정을 할 수 있을까요?
두려움 앞에서도 "그래도 ○○은 ○○다"라고
말할 수 있는 나만의 한 문장은 무엇인가요?

그래도 지구는 돈다

○

이탈리아에서 태어난 갈릴레오 갈릴레이(Galileo Galilei, 1564~1642)는 어려서부터 과학에 관심이 많았다. 특히 물리학을 깊이 연구하였고 천문학에도 조예가 깊었다.

그는 하늘을 더 자세하게 관찰하고 싶었다. 우주의 수많은 별이 어디에 어떻게 존재하고 그 별의 위치를 정확하게 파악할 수 있다면 인간의 생활에 유용하게 쓸 수 있을 거라고 생각했다. 갈릴레이는 이전에 쓰이던 망원경의 단점을 보완하여 더 좋은 기능과 활용성을 가진 망원경을 개발하려고 노력하였다.

오랜 시간의 결과, 새롭게 만든 망원경을 이용하여 지구와 우주의 움직임을 관찰하였다. 별의 위치와 움직임은 인간의 문명을 발달시키는 데 크게 기여한 학문이었다. 별의 위치와 움직임으로 농사를 짓고 바다를 항해하면서 새로운 대륙을 발견할 수 있었기 때문이다.

우주를 연구하면 인간의 역사를 알 수 있을 거라고 생각한 이들도 많았다. 별의 움직임으로 지구가 속한 우주의 모양과 변화를 이해할 수 있게 되었다. 갈릴레이는 지구가 우주의 중심이 아니라는

담장

것을 알게 되었다.

지구는 우주의 중심이라고 생각했던 사람들은 갈릴레이의 연구가 거짓이라고 여겼다. 인간이 우주의 중심이고 지구 또한 우주의 중심이라고 믿었던 사람들에게 갈릴레이의 연구 결과는 신을 모독하는 행위로 여겨졌다. 밤하늘의 별은 지구를 중심으로 움직이고 있다는 믿음을 깨뜨리기 싫었던 사람들은 갈릴레이를 신성모독 죄로 법정에 세웠다.

갈릴레이는 자신이 발명한 망원경으로 관찰한 별의 움직임과 우주의 변화를 세상 사람들이 알기 쉽게 설명했다.

오랜 시간 우주를 관찰하고 연구한 갈릴레이의 연구로 인하여 사람들의 생각이 변하기 시작했다. 지구는 우주에 속한 별의 하나이고 다른 별과 함께 우주 안에 존재한다는 생각은 인간의 존엄성과 평등으로 발전하였다.

지구가 우주의 중심이라는 믿음이 신을 모독하는 언행이라고 말하는 사람들은 갈릴레이를 거짓말쟁이로 몰아세웠다. 로마 교황청은 갈릴레오를 감옥에 가두고 그의 연구가 거짓이었다고 자백하라고 협박했다.

갈릴레이는 자신이 관찰하여 발견한 사실에 대하여 뜻을 굽히지 않았다. 자신의 연구가 신을 모독하는 언행이 아니라 우주를 이해하는 진실이어야 한다는 주장을 굽히지 않았다. 우주를 정확하게

 담장

이해하는 것이야말로 신이 주신 세상을 더욱 풍요롭고 아름답게 만드는 일이라고 생각했기 때문이다.

갈릴레이는 자신의 연구에 대한 신념을 평생 굽히지 않았다. 그가 남긴 유명한 말은 지금도 후대 사람들에게 옳고 그름에 대한 신념을 굽히지 않는 정의의 표본이 되고 있다.

"그래도 지구는 돈다."

갈릴레이는 자신의 연구에 대한 신념을 평생 굽히지 않았다. 그가 남긴 유명한 말은 지금도 후대 사람들에게 옳고 그름에 대한 신

집중한다는 건 눈앞의 일만 보는 게 아닙니다. 진짜
중요한 것이 무엇인지 알아보는 일에서 시작됩니다.
때로는 남들이 게으르다고 오해해도, 혼자 엉뚱해
보이는 길을 걸어야 할 때도 있죠. 이 글은 자신만의
질문과 집념으로 세상을 바꾼 한 과학자의 이야기입
니다.

지금 나는 무엇을 진심으로 궁금해하고 있나요?

남들이 이상하게 보더라도

계속 붙잡고 싶은 생각이나 질문이 있나요?

누구도 대신해 줄 수 없는

나만의 노력은 무엇인가요?

게으른 개

○

교수님이 책상을 치며 큰 소리로 말했습니다.

"공부에 열중하지 않으려면 내 수업에 들어오지 말아요!"

아인슈타인이 대학 시절 공부를 게을리하는 낙제생이라고 오해를 불러일으킨 일화입니다.

"차라리 게으른 개가 되는 편이 낫지."

아인슈타인은 12살 무렵 이미 미적분을 이해하고 유클리드 기하학에 깊은 감동을 받았습니다. 패러데이가 같은 나이에 서점에서 일하며 독학으로 물리학을 공부한 것과는 사뭇 다른 시절을 보냈죠.

"도대체 그런 질문은 어디서 생각해 낸 거야?"

"대답할 수 있는 질문을 해야 도와줄 수 있지. 안 그래?"

아인슈타인의 질문을 받은 선생님들은 당혹스러움을 감추지 못했죠. 그래서 아인슈타인을 이상한 아이라고 여겼습니다. 천재라기보다는 엉뚱하고 이상한 아이로 보였습니다. 어린 시절의 아인슈타인을 공부 못하는 아이로 만든 건 생각의 깊이가 남달라 다른 사람이 이해할 수 없는 말과 행동을 했기 때문입니다.

고등학교를 졸업하기도 전에 당시 최고의 공대를 진학하려고 시

담장

험을 보고 합격했습니다. 대학에 들어갈 나이가 안 되었지만 아인슈타인의 천재성을 알아본 학장은 고등학교 졸업장을 받아 오면 대학에 입학시켜 주겠다고 했습니다. 아마도 불가능하다고 생각했을 겁니다. 하지만 아인슈타인의 집념을 막을 수 없었죠.

아인슈타인은 자신이 원하던 대학에 들어갔고, 졸업해서 직장을 얻었습니다. 하지만 자신의 전공이나 관심 분야와 전혀 다른 직장에 들어가게 되었죠. 돈벌이도 충분하지 않았습니다. 아르바이트가 필요했습니다.

[알베르트 아인슈타인]

이공계 교사 자격증 소지자

수학 및 물리학

원하는 학생은 누구나 성실하게 가르쳐 줌

아인슈타인이 지역 신문에 광고를 냈더니 두 명이 찾아왔습니다. 어린 학생들을 위한 개인 교습 광고였는데, 같은 나이의 두 청년이 아인슈타인에게 물리학과 수학을 배우겠다고 찾아온 것이었죠. 훗날 이 두 사람은 아인슈타인의 결혼식에서 들러리를 서게 됩니다.

'상대성 이론'은 아인슈타인의 과학을 말할 때 가장 많이 인용됩니다. 동시에 제2차 세계 대전을 종식시킨 원자폭탄을 떠올립니다.

 담장

원자폭탄은 핵분열의 엄청난 힘을 이용한 살상 무기입니다. 그렇다면 아인슈타인은 수많은 인류를 멸망시킬지도 모를 원자폭탄 발명가일까요?

　아인슈타인은 원자폭탄을 만드는 데 직접 관여한 적이 없습니다. 오히려 반대하는 입장이었죠. 히로시마와 나가사키가 원자폭탄으로 잿더미가 되었다는 사실에 충격을 받고 반핵운동에 앞장서게 되었습니다. 그가 즐겨 읽었던 소설 『돈키호테』는 엉뚱하지만 정의에 맞서는 자신의 모습이었는지도 모릅니다.

담장

인간은 계속 진화하고 있을까요? 몸의 형태만이 아니라 생각, 관계, 삶의 방식까지 변해 가는 걸 진화라고 부를 수 있다면, 우리는 지금 어디를 향해 가고 있는 걸까요? 이 글은 과거와 현재를 잇는 진화의 이야기이며, 우리가 어떤 내일을 향해 가고 있는지를 묻는 이야기입니다.

나는 지금 어떤 방향으로 '진화'하고 있을까요?
나의 변화는 나를 더 나아지게 만들고 있나요,
아니면 제자리걸음을 반복하게 하나요?
앞으로의 나는 어떤 모습으로 진화하고 싶나요?

네안데르탈인과 다윈

○

1848년 터키 인근에서 인류의 화석이 발견되었다. 1856년 독일의 네안데르 계곡에서도 비슷한 화석이 발견되었다. 여기서 발견된 인류의 화석은 네안데르 골짜기의 이름을 붙여 '네안데르탈인'이라고 이름 지었다. 네안데르 계곡에서 발견된 화석은 머리, 다리, 팔, 가슴 등의 뼈로 이루어져 있었다. 처음에는 원숭이의 뼈인 줄 알았으나 학자들의 연구로 인해 이 화석이 인류 조상의 뼈로 인정됐다.

이후 벨기에, 프랑스, 이스라엘 등에서도 같은 화석이 발견되었다. 이처럼 많은 지역에서 네안데르탈인의 무덤과 뼈가 발견되면서 인간의 진화에 대한 의문이 풀리기 시작하였다. 네안데르탈인의 키는 약 160cm 정도였다. 얼굴은 넓은 편이었고 이마가 툭 튀어나온 모습이었다.

지구상에 존재하는 생물들이 어떻게 생겨나고 없어지는지, 모습이 어떻게 변화되고 발달하는지에 관한 생물체의 변화 현상을 '진화'라고 한다. 우주의 생성과 소멸에 관해서도 진화라는 말을 쓰며, 지표면이나 강 또는 바다의 변화에도 진화라는 말을 쓴다. 더 나아가 자동차나 컴퓨터 등 과학 문명의 발달에 관해서도 진화라는 표

담장

현을 쓰기 시작했다. 그러나 우리가 진화론이라고 말할 때에는 생물의 변화 현상에 대한 연구로 제한한다.

지구에는 서로 다른 환경 속에서 수많은 종류의 생물들이 살고 있다. 이미 알려진 동물의 수가 약 120만 종이고 식물이 약 50만 종이 있다. 아직도 인간에게 발견되지 않아서 알려지지 못한 식물과 동물들이 어디엔가 존재하고 있다. 과거 지구에 생존했던 동식물은 현재의 동식물 수보다 더 많았을 것이라고 예상한다.

진화론이라는 학문의 체계를 세운 C.R.다윈은 진화에 대하여 이렇게 말한다.

"모든 생물은 변한다. 시대 변화의 역사를 따라가는 것이 바로 진화론이다."

다윈은 지구의 모든 생물에는 최초의 조상이 있으며 그 조상으로부터 새로운 생물이 탄생하고 오랜 시간을 거치면서 변화되었다고 말한다. 예를 들어 인간의 조상은 영장류, 즉 지금 우리가 동물원에서 볼 수 있는 원숭이나 고릴라 등과 같다고 생각한다. 다만 인간은 원숭이와 달리 도구를 사용하였고 생각하고 느낄 줄 알았다는 차이가 있다.

인간이 원숭이보다 더 빠르게 진화할 수 있었던 이유는 바로 더 나은 변화를 추구하였다는 데 있다. 원숭이는 죽은 동료를 땅에 묻어 주면서 꽃을 놓아주지 않는다. 하지만 인간은 동료가 죽으면 땅

 담장

에 고이 묻어 주고, 그 위에 비석을 세우고 꽃을 심는다.

더 많이 먹는 것에 집착하는 동물의 습성을 벗어나 더 아름다운 삶을 살려는 인간의 욕망이 인간을 인간답게 만들었으며 지금의 인간으로 진화하게 만든 것이다. 지금도 인간은 가장 빨리 진화하는 생물체이며, 그 진화의 속도만큼이나 아름다움을 추구하면서 살아가고 있다.

담장

하늘을 나는 일은 더 이상 동화 속 이야기가 아닙니다. 누군가의 상상, 누군가의 도전, 누군가의 포기가 없었던 믿음이 인류를 허공으로 띄웠으니까요. 이 글은 하늘을 향한 꿈이 어떻게 현실이 되었는지, 그리고 꿈을 포기하지 않은 용기가 만들어 낸 비행 이야기입니다.

나는 지금 무엇을 향해 '날아오르고' 싶나요?

내가 날개를 단다면, 어떤 방향으로,

누구를 향해, 어떤 마음으로 날고 싶나요?

지금 당장 한 걸음만 더 내딛는다면,

그 한 걸음은 나를 어디로 데려가게 될까요?

인간, 하늘을 날다!

○

아주 오랜 옛날부터 인간은 하늘을 날고 싶었다. 하늘을 나는 새를 바라보면서 언젠가 새들처럼 인간도 하늘을 날 수 있는 꿈을 꾸었다. 하늘을 나는 새처럼 하늘을 나는 인간을 상상하는 일이 현실이 될 거라는 믿음이 라이트 형제의 비행기를 탄생시켰다고 해도 과언이 아니다.

미국 오하이오주에서 자전거를 만들어 팔던 형제는 하늘을 나는 기계를 만들고 싶어 했다. 윌버 라이트(Wilbur Wright, 1867~1912)라는 이름의 형과 오빌 라이트(Orville Wright, 1871~1948)라는 이름의 동생이 바로 그들이었다.

이들은 1896년 독일인 릴리엔탈이 새의 날개 모양을 한 글라이더를 타고 하늘을 날려고 하다 추락사한 이야기를 듣고 깊은 생각에 빠졌다. 어떻게 하면 인간이 도구를 이용해서 하늘에 떠 있을지에 대한 발명을 시작했다.

1899년 5월 형 윌버는 동생 오빌과 함께 길이 1.5m의 쌍 날개 연을 만들었다. 연은 하늘을 날고 싶어 하는 인간의 욕망이 만들어 낸 오랜 장난감이다.

'이 연에 인간을 태워서 하늘에 떠 있게 할 수 있을까? 인간을 태우고 하늘에 떠 있을 수 있는 커다란 연을 만들면 가능하지 않을까?'

라이트 형제는 실제로 그런 연을 만들어 실험에 실험을 거듭했다. 그리고 연에 올라타 연을 조종할 수 있는 기술을 고안했다. 하지만 그 과정이 쉽지만은 않았다. 연을 조종할 수 있는 더 발달된 기술이 없었기 때문이다.

연을 움직일 수 있는 동력을 마련하는 것이 가장 큰 과제라고 생각한 형제는 물체가 하늘에 떠 있을 수 있는 자연의 힘을 발견하게 된다. 그 원리를 연에 적용했고, 연을 이용해서 하늘을 날 수 있는 날개 달린 동력 장치를 만들었다.

1900년 라이트 형제는 드디어 사람이 탈 수 있는 글라이더 형태의 비행기를 만들었다. 오랜 기간 동안의 연구와 실험으로 만들어 낸 글라이더 형태의 비행기를 바람이 잘 부는 대서양 연안의 노스캐롤라이나주 키티호크에서 시험 비행하였다.

비행 실험이 거듭되면서 더 오래 하늘을 날 수 있었다. 더 많은 연구 실험은 더 많은 시간 동안 하늘을 날 수 있게 해 주었다. 비행기의 몸집도 커지고, 더 큰 힘을 발휘할 수 있는 비행기로 발전했다.

1903년 현대식 비행기의 모습을 갖춘 라이트 형제의 1호기가 만들어졌다. 이 비행기는 거센 바람 속에서 59초 동안 260m의 비행을

 담장

하는 데 성공했다. 이는 인류 역사의 혁명이었다.

라이트 형제의 비행 소식은 전 세계에 퍼졌다. 다른 대륙에서도 비행기를 만들려는 연구와 노력이 이어졌다. 그리고 이는 더 오래 더 멀리 날아갈 수 있는 비행기의 발명으로 이어졌다.

하늘을 날고 싶은 인간의 꿈과 그 꿈을 이루려는 형제의 연구와 노력이 이뤄 낸 비행기는 지금도 수많은 사람이 하늘을 날게 하고 있다. 그리고 그들의 꿈도 함께 날고 있다.

담장

한 줄의 문장이, 작은 낙서 한 줄이, 누군가에겐 삶을 통째로 뒤집는 시작이 되기도 합니다. 거대해 보이는 변화도 결국은 아주 작고 사소한 시작에서 비롯되곤 하죠. 이 글은 작은 글자에서 시작된 한 인간의 꿈이 어떻게 세상을 바꿀 씨앗이 되었는지에 대한 이야기입니다.

지금 내 삶에서 '작은 시작'이
될 수 있는 것은 무엇인가요?
내가 꺼내지 못한 말, 시도하지 못한 도전,
생각만 하고 미뤄 둔 단 하나의 행동이 있다면
오늘 어디에서부터 다시 시작해 볼 수 있을까요?

Stay Hungry, Stay Foolish

○

헝클어진 머리에 낡은 슬리퍼를 신고 캠퍼스를 걸어가는 청년의 손에 몇 자루의 색연필과 스케치북이 들려 있었습니다. 그가 바로 스티브 잡스입니다. 1955년 2월 24일 미국의 샌프란시스코에서 태어난 그는 친부모에게서 버림받고 양부모와 살았습니다. 어린 시절의 아픔과 시련은 새로운 것에 대한 도전과 지적 호기심을 드러내는 것으로 이겨 낼 수 있었습니다.

스티브 잡스가 애플을 창립하고 세계 최고의 회사로 만들기까지 수많은 어려움이 있었습니다. 친구들로부터 배신당하고 암으로 투병하면서도 자신의 소신과 믿음을 굽히지 않고 미래를 향해 달려갔습니다.

그는 평소 언어에 관심이 많았습니다. 언어를 표현하는 글자에 깊은 애정을 갖고 있었습니다. 아름다운 글씨체를 만들고 싶어 대학에서도 글자 디자인을 공부하기도 했습니다. 애플이라는 세계 최고의 전자제품을 생산하는 회사의 모티브가 된 건 다름 아닌 아름다운 글자가 만들어 내는 언어였을 것입니다.

세상을 아름답게 만드는 아이디어는 멀리 있지 않다는 것을 그는

잘 알고 있었습니다. 일상생활 속에 모든 것의 비밀이 담겨 있다고 믿었습니다. 이미 세상에 있는 것들이 새로운 것을 만들 수 있는 시작이라고 생각했습니다.

청바지 뒷주머니에 들어갈 수 있는 엄청난 기능의 기기는 전화, 녹음기, 비디오 플레이어, 카메라 등을 하나로 융합한 것이었습니다. 이미 세상에 흔하게 사용되었던 일상생활의 기기를 하나로 모아 놓은 것이었습니다. 세상 사람들이 그토록 놀라는 기기는 바로 우리 곁에 있는 생활 그 자체였습니다.

인간을 대신하는 인공지능과 로봇이 내 이웃이고 내 친구인 미래에는 세상을 아름답게 만드는 기술이 필요하게 되었습니다. 자신과 이웃을 위해 봉사하고 헌신할 수 있는 인간의 모습을 갖추어야 환경 파괴로 인한 기후 재앙을 막을 수 있고 전쟁으로 죽어 가는 비극을 보지 않게 될 것입니다.

새로운 것에 대한 호기심과 도전 정신은 나를 키우고 세상을 아름답게 만듭니다. 아주 작은 것이 나와 세상을 바꾸는 열쇠입니다. 쓰레기를 줍는 것보다 쓰레기를 만들지 않는 것이 더 혁신적인 환경 운동입니다. 더 많은 돈을 버는 것보다 더 많은 것을 나누는 것이 평화와 평등을 실천하는 길입니다.

지금 나는 모든 것을 잃고 길을 헤매는 힘들고 불행한 상황이라고 생각할 수 있습니다. 스티브 잡스가 남긴 말 "Stay Hungry, Stay

Foolish"는 잃어버린 나를 다시 찾을 수 있게 합니다. "배고픈 마음으로, 어리석을 만큼 용기 있게 도전하라"는 뜻입니다. 지금의 나에 안주하지 말고, 계속 배우고 부딪히라는 그의 메시지입니다.

지금의 상황을 이겨 내기 위해 다시 일어서고 힘을 내야 합니다. 힘들고 불행한 상황을 그저 바라보기만 할 것이 아니라, 더 나은 미래를 위해 내가 할 수 있는 일이 무엇인지 고민하고 발견해야 합니다.

자신의 처지를 비관하지 않고 나 자신을 소중하게 만들어 가세요. 작은 도전과 노력으로 희망의 미래를 설계하세요. 나를 위한 발견이 세상의 발견이 되고, 나의 가치가 세상의 가치로 거듭나게 될 것입니다.

누군가에게만 전하고 싶은 말이 있을 때 우리는 암호를 떠올립니다. 암호는 숨기기 위한 장치이면서, '이 마음을 알아주는 사람은 너였으면 좋겠다'는 순수한 바람일지도 모릅니다. 이 글은 세상 속 암호들이 우리를 어떻게 연결하는지에 대한 이야기입니다.

나만 알고 있는 비밀 언어가 있다면,

누구와 나누고 싶나요?

마음속 소중한 사람에게만

알려 주고 싶은 암호는 어떤 모습인가요?

세상의 모든 암호

○

　세상은 암호로 이루어졌다고 해도 과언이 아니다. 암호를 처음 사용한 인류는 누군가에게 자신의 생각을 전달하고 싶었을 것이다. 문자의 발명은 암호와 다르지 않다. 자연에서 얻은 사물이나 현상을 특정 기호나 그림으로 표현하기 시작하면서 암호는 문자로 발전했을 것이다. 처음의 암호는 생각을 숨기기 위한 수단이라기보다 생각을 나누고 소통하고 싶은 발명이었을 것이다.

　구석기 시대의 암각화를 보면, 현대인들이 이해할 수 없는 그림이나 기호를 찾아볼 수 있다. 어떤 것들은 추측할 수 있지만, 어떤 것은 추측하기 어렵고 이해하기도 힘들다. 암호를 이해하려면 우선 그 시대 사람들의 생각과 마음을 이해해야 한다.

　마야 문명에서 볼 수 있는 문자는 암호에 가깝다. 그들이 그 시대를 살면서 어떤 생각을 했고 무엇을 전하고 싶었는지 생생하게 전하려고 했던 자신들의 모습이었을 것이다. 남미 페루의 나스카 사막의 기묘한 형상의 거대한 그림들은 어떤 의미를 담고 있을까? 아주 높은 하늘에서만 정확하게 볼 수 있는 그림들은 매우 정확하고 과학적인 측정에 의해서만 그릴 수 있는 형상이다. 현대 과학으로 규

담장

명하기 어려운 그림들은 어떤 생각과 마음을 전하려고 했던 암호일까?

우리가 알고 싶은 세상의 모든 암호는 인류의 지식을 담고 있다. 암호는 그리스어 크립토스(Cryptos)에서 유래했다. 암호를 해독할 수 있는 능력을 갖추지 못하면 의미를 알 수 없도록 만든 기호나 그림을 말한다. 현대의 암호는 인류가 처음 만든 문자와 다르지 않았다. 그림이나 기호가 문자로 발전하면서 어려운 원리를 적용하여 암호를 만들었다.

왜 암호를 만들게 되었을까? 기호나 그림을 이용해서 더 많은 사람들에게 더 많은 생각을 전달하고 싶은 인간의 욕구 때문이 아니었을까? 더 많은 생각을 더 많은 사람들에게 알려 주려는 인간의 욕구는 과학의 발달로 인하여 오히려 반대 현상이 벌어지게 되었다. 모든 사람들이 알 수 있는 정보와 누구나 알 수 없는 정보를 구분하기 시작한 것이다.

누구나 알 수 없는 지식이나 정보는 돈을 벌 수 있게 했다. 가상 화폐는 가장 비싼 암호의 하나다. 가장 어려운 암호는 전쟁에서 이길 수 있게 해 주었다. 소수만이 알 수 있는 지식과 정보를 암호로 만들어 그걸 해독할 수 있는 사람들에게만 숨겨진 세상을 보이려고 했다.

암호는 누구나 만들 수 있고 누구나 해독할 수 있다. 암호를 해독

할 수 있는 정보를 갖고 있으면, 아무리 어려운 암호라도 풀어낼 수 있다. 쉽고 재미있는 생활 암호는 나만의 비밀을 간직할 수 있게 한다. 암호를 만들어 게임이나 퀴즈를 만들어 재밌는 놀이를 만들 수도 있다.

암호의 시스템 형식과 종류는 여러 가지다. 암호를 주고받는 사람이 서로 해독할 수 있도록 하는 대칭키 암호 또는 비밀키 암호가 있다. 블록 암호는 대칭키 암호의 형식이지만, 하나의 집단을 이룬 형식이다. 일상생활에서 쓰이는 전자서명도 암호의 일종이다. 바코드나 QR코드도 생활에 편리하게 쓰이는 암호의 일종이다.

암호를 잘 사용하면 생활에 편리하다. 좋은 암호는 인류의 평화와 안전을 위해 사용되지만, 전쟁과 빈부 격차를 만들기도 한다. 언젠가는 외계와 소통할 수 있는 우주 인류의 암호를 사용하게 될 것이다. 외계의 신호는 지구에 보내는 암호다. 암호를 해독하는 날, 외계인과 만나게 될 것이다.

 담장

새로운 것을 만든다는 건 거창한 발명이 아니어도 괜찮습니다. 이미 있는 것에 나의 생각을 한 방울 보태는 것, 그것만으로도 '나만의 원조'가 될 수 있으니까요. 이 글은 세상의 처음을 다시 쓰는 사람은 '처음 만든 사람'이 아니라 다시 시도하는 사람일지도 모른다는 이야기입니다.

지금 내가 다시 시작하고 싶은 '처음'은 무엇인가요?

이미 있는 것에 내가 더해 보고 싶은

생각 한 조각이 있나요?

늦었다고 느끼는 순간에도,

다시 걸음을 떼어 본 적 있나요?

증기 기관의 원조

○

전기 용량에 와트(W)라는 말을 쓴다. 자동차의 힘을 말할 때에는 마력이라는 표현을 쓴다. 이 두 말의 쓰임은 증기 기관으로 유명한 제임스 와트의 이름에서 유래했다. 제임스 와트는 증기 기관을 발명한 사람으로 알려져 있다.

그는 조선소에서 배를 만드는 기술자의 아들로 태어났다. 아버지가 일찍 돌아가셨기 때문에 가정의 경제를 책임졌다. 문법학교를 졸업했지만 기계를 만드는 데 관심이 많았던 와트는 기계 수리공이 되었다. 그리고 자신의 작업실을 만들어 새로운 발명품을 만드는 데 노력했다.

증기 기관으로 인해 영국은 엄청난 경제적 성장을 가져왔다. 제임스 와트의 증기 기관은 사실 이미 오래전부터 있었다. 와트는 수증기의 힘을 이용한 증기 기관을 기계에 적용한 아이디어로 특허를 얻었다. 와트의 증기 기관은 영국의 산업 혁명을 이룩하는 데 가장 큰 기여를 했다.

난로 위에 얹은 주전자의 물이 끓으면서 수증기의 힘으로 뚜껑이 들썩이는 현상을 이용해 증기 기관을 발명하게 되었다는 일화는

담장

사실과 다르다. 제임스 와트의 증기 기관은 2천 년 전 알렉산드리아의 발명가 헤론에 의해서 처음 알려졌다. 이후 수증기의 힘을 이용하여 증기 기관을 새롭게 발전시켜 나갔다.

1698년 토마스 쉐이버리가 만든 증기 기관의 모형을 본떠 새로운 기능을 추가한 뉴커먼의 증기 기관은 이미 도시의 곳곳에 퍼져 있었다. 제임스 와트는 우연한 기회에 뉴커먼이 발명한 증기 기관을 수리하는 과정에서 더 나은 기능을 추가하면 좋겠다는 아이디어를 떠올렸다.

세상에는 우리가 알지 못하는 새로운 것들이 넘쳐난다. 그 대부분은 새로운 것이 아니라 어디엔가 이미 존재하고 있었던 것들이다. 새로운 것에 대한 호기심과 발견은 세상을 바꾸는 아이디어로 재탄생한다.

와트의 증기 기관은 이미 오래전부터 있었던 인류의 기술이었다. 2천 년 이전의 인류에게도 수증기의 힘은 존재했을 것이다. 누가 언제 무엇을 했는지는 중요하지 않다. 지금 내가 무엇을 어떻게 할 수 있는지 시도하고 도전하는 노력이 중요하다.

어느 날 번득이는 아이디어가 떠올라 실행에 옮기려는 순간, "그거 벌써 다른 사람이 만들었어."라는 말을 듣더라도 절대 실망할 필요가 없다. 그 사람이 만든 것에 나의 생각과 아이디어를 더하면 된다. 백 개의 아이디어에 하나의 생각을 더하는 것만으로도 세상을

바꾸는 열쇠를 얻을 수 있다.

딱 한 번으로 가능한 것은 없다. 백 번이라도 백만 번이라도 계속 시도하는 노력이 변화의 핵심이다. 세상을 발전시키는 혁신적 기술이 아니더라도, 그 시도의 과정에서 내가 발전하고 나의 미래가 변하게 된다. 세상이 알아주는 제임스 와트의 증기 기관은 바로 그런 과정에서 탄생한 증거물이다. 원조는 처음의 것이 아니라 지금부터 시작한다.

담장

낯선 순간이 익숙하게 느껴진 적, 처음인데 분명 본 적 있는 듯한 기억. 그런 찰나들이 있다면 어쩌면 우리는 이미 시간 여행을 하고 있는 것 아닐까요? 이 글은 텔레포트와 워프, 그리고 '또 다른 나'와 마주하는 상상 속의 시간 여행에 관한 이야기입니다.

혹시 '이미 살아 본 적 있는 순간' 처럼
느껴졌던 경험이 있나요?
시간은 한 방향으로만 흐른다고 믿고 있나요?
만약 '또 다른 차원의 나'를 만난다면,
가장 먼저 무엇을 묻고 싶나요?

텔레포터 vs 워퍼

○

잠에서 깨는 순간, 심장이 터지는 줄 알았다. 내 방에 누군가 나를 뚫어지게 바라보고 있는 것이었다.

"누… 누구야."

일어나 소리를 질렀지만 분명 큰 소리를 쳤는데 방 안은 정막이 돌았다. 내 목소리가 들리지 않았다. 방 안에 내 소리가 울려 퍼져야 하는데 아무 소리도 들리지 않았다. 그렇다고 가위 눌린 밤처럼 온몸을 꼼짝하지 못하는 것도 아니었다. 그냥 모든 것이 자연스럽게 벌어졌다.

"넌 누구야?"

아주 잔잔하고 침착하게 물었다. 어두운 방 안이었지만 어슴프레하게 얼굴 윤곽이 드러났다.

"나? 난… 나다."

발걸음 소리도 나지 않는데 천천히 내게 다가왔다. 해가 뜨지 않았는데 얼굴을 바라볼 수 있었다. 해가 뜬 건 아닌데 모든 것이 환하게 보였다.

"나야? 네가 나야?"

얼굴이 한 팔 간격도 안 되게 가까이 다가왔다. 그제야 누군지 알았다. 바로 나였다. 내가 나를 찾아와 나를 보고 있었다. 그날 이후 우린 언제든 마음만 먹으면 워프를 할 수 있었다. 우리의 워프는 텔레포터의 순간이동과는 달랐다. 수많은 텔레포터가 추적했지만 우리의 워프를 따라잡을 수 없었다.

텔레포터는 시간과 공간을 자유롭게 넘나든다. 그들의 조건은 딱 두 가지다 시간과 공간. 시간의 앞과 뒤를 오간다. 공간은 무제한이다. 둘은 절대 겹치지 않기 때문에 텔레포터의 이동은 규칙적이다.

하지만 워프는 다르다. 시간과 공간이 존재하는 순간을 여러 겹으로 잇거나 끊거나 말아 버리거나 뒤집을 수도 있다. 자유롭고 유연하지만 통제 불능이기도 하다. 워프를 통제할 수 없다면 질서가 무너진다.

텔레포터는 하나의 차원에 존재하는 시간과 공간을 넘나든다. 워퍼는 다른 차원을 넘나들 수 있다. 워퍼가 텔레포터의 추적을 따돌릴 수 있는 이유가 바로 차원의 이동이다. 나를 찾아온 워퍼는 바로 다른 차원의 나였던 것이다.

"어떻게 워프가 가능한 거야?"

"우리가 현실이라고 알고 있는 지금과 꿈의 세계를 뒤바꾸는 거야. 현실보다 꿈의 세계가 더 크고 빠르지. 피터팬은 7차원의 워퍼야. 3차원에 사는 인간들에게는 동화책 주인공일 테지만."

곧 전쟁이 시작될 거라는 말을 했다. 바이러스는 우주 전쟁의 서막을 알리는 신호탄이라고 했다. 바이러스가 바로 통제 불능의 워퍼였다는 걸 알고 있었다. 바이러스 워퍼가 나타난 행성의 종말을 지켜본 7차원의 내가 나에게 보여 준 영상은 끔찍해서 말로 표현할 수 없을 정도였다.

내가 나를 찾아온 이유가 바로 그 때문이었다. 지구의 나와 또 다른 나의 별을 지키기 위해서….

담장

누구에게나 유혹 같은 제안이 찾아옵니다. 명예, 부, 지위, 혹은 세상이 인정하는 성공의 이름들. 하지만 '그것이 나 자신보다 더 중요한가?'라는 질문 앞에서 우리는 잠시 멈춰 생각하게 되지요. 이 글은 세상의 영광보다 '나 자신으로 남는 것'을 선택한 한 사람에 대한 이야기입니다.

나는 어떤 이름으로 기억되고 싶나요?

명예와 성공이 손에 들어온다면,

나는 어떤 이유로 그것을 선택하거나

내려놓을 수 있을까요?

지금의 나에게 가장 중요하게

지키고 싶은 '나다움'은 어떤 모습인가요?

패러데이의 거절

○

패러데이는 대장장이의 아들로 태어났다. 그는 정규 교육을 받지 못했다. 가정 형편이 어려워 어려서부터 돈을 벌어야 했다.

그는 12살 무렵 동네 점원으로 일하면서 손님이 없는 시간에는 틈틈이 책을 읽었다. 과학책 읽기를 좋아했던 패러데이는 책의 내용을 다른 사람들에게 말해 주는 걸 좋아했다. 새롭게 알게 된 사실을 흥미진진하게 이야기로 풀어 설명해 주면 아이 어른 할 것 없이 좋아했다.

서점 주인은 패러데이의 이야기를 듣고 서점을 찾는 사람들에게 자랑을 했다. 우연히 서점을 찾은 과학자의 소개로 패러데이는 연구실의 실험을 돕는 일자리를 얻게 된다. 이 일을 계기로 패러데이의 과학적 호기심과 연구가 시작되었다.

19세기 후반, 영국에서는 전기와 자기를 이용할 수 있는 방법에 대한 연구가 활발하게 진행되었다. 패러데이는 자기장의 힘에서 전기를 얻을 수 있다는 사실을 발견하게 된다. 전기를 만들 수 있다면 그 힘을 수많은 기계에 사용할 수 있을 거라고 확신했다. 그때까지만 해도 기계의 힘은 증기 기관에 의존하고 있었다.

전기를 만들 수 있는 패러데이의 발전기에 관한 소문은 곧바로 영국의 정치인들에게 알려졌다. 영국의 총리는 패러데이가 만든 발전기의 원리에 대한 설명을 들었다. 그리고 물었다.

"전기가 무언지 이해할 수는 없지만, 미래에 어떻게 쓰일지 구체적으로 설명해 줄 수 있나요? 나라에 보램이 되어야 도와줄 수 있으니까요."

그러자 패러데이가 답했다.

"막 태어난 아기가 미래에 어떤 인물이 될지 어떻게 알 수 있습니까? 하지만 태어난 아기가 훌륭한 사람으로 성장할 수있도록 지원해 줄 수 있지요. 지금 당장은 결과가 보이지 않더라도, 이 실험이 미래를 밝힐 불씨가 될 수 있다는 믿음을 거두지 말아 주세요."

패러데이는 자신처럼 어려운 가정에서 태어나 정규 교육을 받지 못하고 자란 아이들을 위해 정기적으로 과학 강연을 했다. 연구 성과로 인한 엄청난 부와 명예를 제안받았지만 흔들리지 않고 연구와 봉사에 매진하였다. 물리학자로 알려져 있지만 화학에도 흥미를 갖고 있었고, 과학의 모든 분야에 대한 호기심과 열정을 불태웠다.

1860년에 단 한 개의 양초만으로 6번의 실험을 보이며 강연을 한 것은 유명한 일화다. 그가 얼마나 연구와 실험에 열정을 갖고 있었는지 보여 주는 대중적인 증거였다. '양초의 과학'으로 알려진 이 실험과 강연은 지금까지도 후대의 과학자들에게 본보기가 되고 있다.

패러데이의 업적에 보답하기 위해 빅토리아 영국 여왕이 작위 수여를 제안했다. 하지만 패러데이는 정중하게 거절했다.

"나는 패러데이 나 자신으로 남고 싶습니다."

"나는 패러데이 나 자신으로 남고 싶습니다."

마음과 생각을 쓰다

담장

초판 1쇄 인쇄일 2026년 03월 25일
초판 1쇄 발행일 2026년 04월 15일

지은이 김선민
펴낸이 양옥매
디자인 표지혜
마케딩 송용호
사   진 양경숙
교   정 조준경

펴낸곳 도서출판 책과나무
출판등록 제2012-000376
주소 서울특별시 마포구 방울내로 79 이노빌딩 302호
대표전화 02.372.1537   팩스 02.372.1538
이메일 booknamu2007@naver.com
홈페이지 www.booknamu.com
ISBN 979-11-6752-786-8 (03800)